读客悬疑文库

认准读客读悬疑,本本都是大师级。

绝对不在场证明

［日］大山诚一郎 著　曹逸冰 译

アリバイ崩し承ります

上海文艺出版社

目录

第 1 话
钟表店侦探与跟踪狂的不在场证明
- 001 -

第 2 话
钟表店侦探与凶器的不在场证明
- 043 -

第 3 话
钟表店侦探与死者的不在场证明
- 081 -

第 4 话
钟表店侦探与消失的不在场证明
- 117 -

第 5 话
钟表店侦探与爷爷的不在场证明
- 153 -

第 6 话
钟表店侦探与山庄的不在场证明
- 179 -

第 7 话
钟表店侦探与下载的不在场证明
- 217 -

第1话

钟表店侦探与跟踪狂的不在场证明

1

我睁开眼睛，望向枕边的智能手机，发现自己一觉睡到了十点多。

晨光透过窗帘的缝隙洒进屋里。

糟了，睡过头了！我一跃而起之后才回过神来，想起今天不用上班，顿时松了口气，同时倒回被窝。

一个多月前，我因为工作单位的人事调动去了一个新部门。自那时起，我几乎没休息过一天，今天可是好不容易申请到的宝贵假日。

用这一天干点什么呢？看屋外照进来的阳光，今天的天气貌似不错。这样的日子待在屋里未免有些浪费。

我忽然冒出一个念头——去鲤川站东口逛逛吧。

我是四月一日去新部门报到的。部门的办公室在本县首屈一指的枢纽车站那野站旁边。为了方便上下班，我搬到了距离那野站只有两站路的鲤川站附近。我早就想去车站周边走走逛逛了，可是新部门的工作格外繁忙，很难请到假，晚上十点多才回家也是常有的事。拜这样的生活所赐，我搬过来都一个多月了，却仍然对鲤川站周边一无所知。

我租住的公寓在鲤川站西口那一侧，原本有很多铸件作坊，现在新建了好几栋公寓。而车站东侧自古以来就是商业区，整体氛围跟西口完全不一样。真想去看看那到底是个什么样的地方啊。

于是我吃了点吐司和火腿煎鸡蛋当早饭，然后就出门了。

外面晴空万里，微风习习，行道树的叶子随之一摇一摆。这天气，真是好得让人想哼歌。

毕竟是工作日的大白天，我走到鲤川站一看，发现往来的行人只有零星几个。街头巷尾的气氛是如此恬静，不同于杀气腾腾的早高峰，也没有深夜回家时感觉到的疲乏。我穿过跨线桥，朝东口走去。

西口干净整洁，东口却显得杂乱无章。有小巧玲珑的公交车站和出租车上客点，环绕在四周的是银行、信用合作社、小钢珠店和家庭餐厅，每种各一间。信用合作社和小钢珠店之间伸出一条向东延伸的拱顶商店街。街口挂着五个大字："鲤川商店街"。我仿佛是被某种东西吸引了一般，抬脚迈进了那条街。

咖啡馆、箱包店、荞麦面馆、洗衣店、酒铺、药房、面包店、理发店、米店、书店、旧书店、水果店、电器店、西点店……各种商店在拱顶下鳞次栉比，一看就是比较传统的商店街。

我无意中瞄了眼手表，却发现指针还停在十点半的位置。不对啊，我起来的时候都十点多了……定睛一看，敢情秒针没在动。看来是电池没电了。虽说现在都是拿手机当表用的，可看不了手表总归不太方便。要是这条商店街有钟表店，就去换个电池吧。

我东张西望地走了一会儿，还真看到了一家钟表店。它夹在照相馆和肉铺中间，规模很小，门面大概一间半宽[1]。木质外墙看起来很有年头的样子。大门上挂着一块招牌，写着"美谷钟表店"。就去这家店换吧。

一推开门，扑面而来的便是丁零零的钟声。

六张榻榻米那么大的小店里摆满了各式各样的钟表。挂钟填满了整个墙面，墙边的展柜里则是一排排怀表、手表与座钟。所有钟表都指着同一时刻的景象蔚为壮观。有些钟表店还卖眼镜和贵金属什么的，但这家店貌似只卖钟表。

背对着我坐在柜台后面忙活的人连忙回过头来。

那是位身着工作服的女性。她右手拿着螺丝刀，右眼戴着修表专用的放大镜片。

她看起来二十五六岁的样子，身材娇小，肤色白皙，留着波波头，圆溜溜的大眼睛、小巧的鼻子和丰满的脸颊……她浑身上下散发出的气场直教人联想到小白兔。只见她急急忙忙撂下螺丝刀，摘下放大镜说道：

"啊，欢迎光临！有什么能帮到您的吗？"

"能麻烦你换个电池吗？"

我把手表递了过去。

"好的。"

---

[1] 1间≈2.8米。——译者注（本书注释如无特别说明，均为译者注）

她接过手表，转身回到工作台，开始换电池。

就在我环视四周的时候，惊人的光景映入眼帘，让我不由得怀疑自己的眼睛是不是出了问题——钟表店的墙上贴着"本店承接钟表维修""本店提供电池更换服务"字样的广告再正常不过了，可这家店还贴着两张格外诡异的广告，上面写着"代客推翻不在场证明"和"代客搜寻不在场证明"。看到"不在场证明"这几个字，我心里顿时咯噔一下。这广告不会是写着玩的吧？

等她换好电池，转身回来的时候，我鼓起勇气问道：

"呃……这张写着'代客推翻不在场证明'的纸是什么意思啊？"

"本店承接所有和钟表有关的委托，这是前任店主的经营方针。"

"推翻不在场证明是'和钟表有关的委托'吗？"

"是的，"她一本正经地点头回答，"主张自己有不在场证明的人都会说'我几点几分在哪个地方'。也就是说，钟表成了主张的依据。"

"这……倒是的。"

"既然如此，那么钟表匠不就应该是最擅长解决不在场证明问题的人吗？"

呃，这话不太对头吧？有多不对头呢？照她的逻辑，田径的百米赛跑是用钟表计时的，所以最适合跑一百米的人就是钟表匠。

这也太荒唐了吧？可是看到她那严肃的表情，反驳的话就说不出口了。更何况，她要是真回我一句"是的，最擅长百米赛跑的就是钟表匠"，那我该如何是好啊？

"话说你刚才提到了'前任店主'……那你是现任店主吗？"

"是的，我叫美谷时乃。前任店主是我的爷爷。我在他去世后继承了这家店。"

她才二十五六岁的样子，真能胜任钟表匠的工作吗？

"您会担心我太年轻，难以胜任钟表匠的工作也是理所当然的。"

她这话说得，就好像我的心思都被看透了似的，吓得我心头一惊。

"没、没有没有……"

"我的功夫的确还不到家，但我上小学三年级的时候就开始接受爷爷的严格训练了，直到他前年去世为止，前前后后加起来也有十四年了，所以您大可放心。"

三年级就开始学手艺了啊？真是了不得。

"推翻不在场证明的方法也是跟你爷爷学的吗？"

"嗯，跟钟表维修一样，都是他手把手教的。"

"那你之前有没有接受过这类委托啊？"

"有那么几次吧。都是怀疑配偶或恋人出轨了，但对方有不在场证明，所以来找我推翻。"

搞什么嘛，原来是"那种"不在场证明啊。

"那几次都成功推翻了吗？"

被我这么一问，她露出略显得意的表情，点了点头。那模样好似鼻子微微抽动的兔子，真有意思。

"我顺便打听一下……请你推翻不在场证明要多少钱啊？"

"本店是事成付款的，听委托人讲完来龙去脉，却没能推翻不在场证明的话，就分文不取。如果成功破解了，就收取五千日元的费用。"

"五千日元？"

真不知道这价格是贵还是便宜。

"您需要推翻不在场证明吗？"

她如此问道，用充满期待的眼神盯着我看。瞧那两眼放光的模样，仿佛看到冰淇淋的小姑娘。

当时我八成是哪根筋搭错了。也许是因为我被不在场证明的难题困扰了一个多月，实在烦透了吧；抑或是，我不愿辜负那饱含期待的眼神。

"嗯，那就麻烦你指点一下吧。"

"啊？真的吗？多谢惠顾！"

她的表情顿时明朗起来。

事已至此，想回头都来不及了。唉，我怎么这么傻啊。一个不小心，可是要触犯地方公务员法的啊。我暗暗咒骂自己的糊涂，却只得破罐子破摔，向她道出困扰自己多时的难题。

"是这样的……我想请你推翻一起凶杀案的不在场证明。"

"凶杀案？"她瞪大双眼反问道，"莫非……您是警察吗？"

我点头回答："是的……"实不相瞒，我是今年四月刚从派出所调去县警本部搜查一课的菜鸟刑警。没想到我前脚刚到新部门报到，后脚就遇到了人生中的第一起凶杀案。

"呃……我接下来跟你说的，还请你千万不要外传……"

"这是当然。爷爷在世时也是耳提面命，叮嘱我绝对不能泄露委托人的隐私。"

"那就好……"

"您先跟我讲讲是怎么回事吧。这边请！"

她示意我在店里的古董沙发落座，于是我便恭敬不如从命，带着万分惶恐坐下了。接着，她为我泡了杯绿茶，摆在一旁那张划痕累累的小桌上。茶香四溢，一闻就知道是好茶。忙完之后，她走回柜台后面——看来那儿就是她的固定座位了。

我清了清嗓子，开始讲述案情。

"这起案件的被害者是一位大学女教授。她跟前夫是一年多前离的婚，可这个前夫变成了跟踪狂，成天骚扰她。凶手肯定就是他，但他有牢不可摧的不在场证明……"

2

四月十一日，星期二。在调往县警本部搜查一课第二强行犯搜查四组的第十一天，我第一次走进了凶案现场。

现场位于住宅区的一隅，是一栋两层高的独门独院小楼，距离县立医科大学不到两公里。我们四组是上午八点半多抵达现场的，当时负责这片地区的那野东署已经在周围拉起了"禁止入内"字样的警戒带。

看到守在警戒带前的制服警官朝我们敬礼，组长牧村警部点头致意，钻过带子进入现场。组员们紧随其后。年纪最小的我负责殿后。

进门后首先看到的是厨房、餐厅兼起居室。被害者俯卧在客厅的餐桌旁边。她穿着白色上衣，下半身是奶油色与黑色相间的格纹裙子。一把刀插在后背的中间偏左，也就是心脏所在的位置。干透了的血将刀周围的衣服染成了红黑色。朝左偏的脸映入眼帘。四十多岁的她，有着端庄而知性的面容。

餐桌上放着盛有炖菜的盘子、装有米饭的碗、倒了茶的茶杯以及一人份的勺子和筷子。不远处躺着一部智能手机。将视线转向厨房，只见灶上架着一口锅。炖菜就是用它做的吧。

"饭菜好像没动过啊。也就是说，凶手是在被害者正准备吃饭的时候找上门的……"

牧村警部喃喃道。

跟四组一同抵达现场的还有县警本部的司法鉴定人员。他们立刻投入了勘验工作。

那野东署有位姓近藤的警部补为我们讲解了案情。

"被害者叫滨泽杏子，四十二岁，在县立医科大学医学部工作，是基础医学教室病理组织学研究室的教授。"

牧村警部用钦佩的口吻沉吟道：

"四十二岁就当上医学部教授了啊……真厉害。发现尸体的是谁？"

"滨泽安奈，三十四岁。她是被害者的妹妹，上午八点多过来找人，却发现人已经死了。我们让她在警车里等着。"

"那就去了解一下情况吧。"

牧村警部和下乡巡查部长准备去找她问话。"新人也来听一听吧。"警部朝我招招手，于是我也跟了过去。四组的其他搜查员和那野东署的警官们分头去找街坊邻居打听情况，希望能找到目击者。

滨泽安奈有一张和姐姐很像的漂亮脸蛋，一双眼睛哭得又红又肿。

牧村警部在慰问后问道：

"听说您今天八点多就过来了，这么早来是有什么事吗？"

"因为姐姐一直不接电话……"

"为什么要打电话给她啊？"

"她有推特的，我每天都会看她发的东西。"

一听到"推特",牧村警部和下乡巡查部长的脸上顿时蒙上一层阴霾。他们貌似都不太懂这种东西。

"昨天姐姐在推特上发了她做的晚饭,是奶油炖菜,说那是跟我住在一起的时候经常做的,后面跟了一句'今天总觉得浑身发冷,吃点炖菜暖和暖和'。我想问问她是不是不舒服,要不要紧,就在晚上十点半左右打电话去她家了。可她没接,我就留了言,又打了她的手机,可她还是不接……我左等右等,想着她听到留言、看到未接电话以后总会回电话给我的,可一直没等到。她平时在这方面很细心的,没接到别人的电话是一定会回电的。我越想越担心,心想她会不会是难受到连电话都打不了了,就打算去她家看一看,但当时已经很晚了,只是因为不接电话就特地跑过去,好像也有点夸张,所以我昨天就没动。到今天早上七点多,我又打了一次电话,她还是不接……我实在是担心得不行,连忙坐车过来看看,可怎么按门铃都没反应。我起初还以为她已经去大学了,却发现大门没锁……我心想,不对劲啊,进屋一看,居然看见姐姐倒在起居室……"

刚涌出来的泪珠顺着滨泽安奈的脸颊滑落。

牧村警部望向我说道:

"新来的,你有智能手机吧?把那个叫'推特'的东西搞出来给我看看。"

我便问滨泽安奈:

"她的推特用户名叫什么啊?"

"她用的是本名。"

我掏出手机，搜索"滨泽杏子"和"twitter"这两个关键词。也许是因为"滨泽"这个姓氏不太常见吧，叫这个名字的用户只有一个。

这个用户在昨天，也就是四月十日发了三条推特。按照时间顺序依次是便当的照片、蛋糕与红茶的照片和奶油炖菜的照片。

第一张照片里有个椭圆形的小巧便当盒，里面装着白米饭、肉扒、小番茄和鸡蛋烧。说明文字是这么写的："午餐时间，在单位吃便当。肉扒是昨晚的剩菜。一个人住啊，都提不起做菜的劲呢（笑）。"

第二张照片貌似是在咖啡厅拍的。玻璃桌上放着一份甜品套餐，包括一块茶色的蛋糕、一块用蔓越莓和黄桃装饰的白色蛋糕和红茶："每周一次的蛋糕时光。本周的是摩卡蛋糕。"

第三张照片中的奶油炖菜装在盘子里，盘子则放在餐桌上。炖菜里有肉、土豆、胡萝卜、洋葱和芦笋："想起跟妹妹一起住的时候经常做奶油炖菜，很是怀念，于是决定晚上就做这个吃了。今天总觉得浑身发冷，吃点炖菜暖和暖和。"

这分明是案发现场餐桌上的奶油炖菜啊。我把手机递给牧村警部和下乡巡查部长，让他们看看这条推特。他们看手机的眼神里写满惶恐，仿佛那是随时会爆炸的东西似的。

警部开口问道："您觉得谁有可能对她做出这种事？您有什么

头绪吗？"

"有！一定是那个人干的！"

"那个人？"

"菊谷吾郎，我姐姐的前夫。"

"您为什么觉得是他干的呢？"

"因为他是跟踪狂，一直在骚扰姐姐。"

"怎么个骚扰法？"

"经常不请自来，一来就问姐姐要个五万十万日元的……据说他不光来过家里，还去过姐姐的工作单位呢。我听姐姐抱怨过好多次了。"

"要钱？……这位菊谷先生是没有工作吗？"

"他倒是有个经营顾问的头衔，但是这个人赌瘾特别大。姐姐之所以跟他离婚，其实也是因为他太好赌了。他就爱赌自行车赛、赌马什么的，偶尔玩玩也就罢了，可他一赌就是几十万啊。姐姐不知道说过他多少回，他每次都会道歉，但过一阵子又犯了，真是屡教不改。到最后姐姐实在是忍无可忍，就把离婚申请书甩过去了。据说他当时都给姐姐跪下了，说他一定会好好反省，绝不再犯了，可姐姐被他的口头保证骗过太多次了，所以态度非常坚决，硬是让他把字签了。刚离婚那会儿，他好像是真的反省了，没有去赌钱，踏踏实实工作了一段时间，可是从两个多月前开始，他的赌瘾又犯了，还动不动跑来找姐姐。

"太过分了……那您的姐姐是怎么处理的呢？"

"这还用说吗，当然是一口拒绝。我都跟姐姐说过好几次了，这是妥妥的骚扰，最好直接报警，让警察收拾他。可姐姐总是一笑了之，说，'他也就是嘴上说说，没胆子动真格的'。结果拖着拖着，就变成这样了……"

滨泽安奈的双肩瑟瑟发抖。

"您知道菊谷先生住在哪里吗？"

"不知道……但凶手肯定是他！求你们了，快把他抓起来吧！"

"凶手是不是菊谷先生，得调查过后才知道，但是请您放心，我们警方一定会把凶手捉拿归案的。"

接着，牧村警部又用带着歉意的口吻问道：

"不好意思，能不能请您讲一讲您昨天都做了些什么？"

滨泽安奈一脸茫然地望着警部。

"难道……你们觉得是我把姐姐……"

"不不不，我没有这个意思，只是调查程序有规定，每个人都要问的。"

"……我在美发厅工作，昨天去上班了。"

"从几点到几点呢？"

"昨天轮到我上晚班，所以是下午两点到晚上十点。您去问问店长、同事和店里的客人，就知道我那段时间一直在店里没出去过。下班以后，我看到了姐姐发的推特，在十点半左右给她打了电

绝对不在场证明　015

话,但她没接……今天我正好休息,就过来看她了。"

"您工作的那家美发厅叫什么名字?"

"'Signe[1]'。就在那野站跟前。"

我们三人向她道了谢,回到案发现场,让她留在警车里休息。

鉴证课的验尸官走过来说道:

"根据尸体现象的发展阶段和直肠温度推断,案发时间大概是昨天,也就是十日的傍晚到夜间。只要送去做司法解剖,应该还能把范围再缩小一些。"

"被害者有吃过饭的迹象吗?"

"具体的还是得等司法解剖,不过光看口腔,好像并没有吃过东西。"

"也就是说,在被害者刚做好炖菜,正准备吃的时候,凶手找上门来,实施了犯罪。"

另一位鉴证人员说道:

"厨房的炉子上放了一口锅,里面装着做好的炖菜。水池的三角沥水篮里有土豆、胡萝卜、洋葱等蔬菜的皮。电饭煲里正做着饭,还留有饭勺搅动过的痕迹,根据电饭煲显示的时间,米饭是十四小时之前煮好的。现在正好九点,十四小时前就是昨天傍晚七点。"

"被害者在晚上七点左右做好了晚饭——随后凶手就找上门来了吧,"牧村警部对下乡巡查部长说道,"阿下,你去一趟县立医

---

[1] 法语,意为记号。

科大学，查查被害者昨天的行动轨迹。万一聊着聊着又聊到推特就麻烦了，记得把新人带上。"

3

我们开警车前往距离滨泽杏子家大约两公里的县立医科大学。医学部、药学部、看护学部和附属医院的建筑物分布在宽广的校园中。

在传达室表明来意后，出来迎接我们的是一位奔三年纪的青年。他戴着厚厚的眼镜，一看就是做事踏实的正经人。

"我叫梶山达夫，在滨泽老师的研究室当助教。"

他的脸上毫无血色，也许是滨泽杏子的死讯让他大受打击。

慰问过后，下乡巡查部长问道："能不能找个方便谈话的地方？"梶山回答："那就去研究室吧。"

病理组织学研究室位于医学部基础医学楼的五层，由实验室、职员室和多功能室组成。梶山带我们去了多功能室。墙上装有大屏幕，屏幕正前方摆着好几条长桌。据说这就是他们平时开会、吃饭的地方。我们找了几张钢管椅坐下。

"真不敢相信，滨泽老师居然被人害死了……那么好的人，到底是谁……学生们都被吓蒙了。"

"滨泽教授昨天是几点来的学校啊？"下乡巡查部长问道。

"上午八点半左右。她总是那个时间来的。"

"您当时已经在学校了吗？"

"对，我每天早上八点不到就过来，提前把研究室的三个房间的门锁打开。"

"那教授八点半过来以后都做了些什么呢？"

"她先是跟我一起在职员室讨论了一下上午要上的细胞组织检查学实操课，然后从九点开始，我们就去实验室给学生们上课了。结果上着上着，老师的前夫来了。"

"前夫？是菊谷吾郎先生吗？"

梶山点点头。

据说实操课才上了没几分钟，就有人突然打开了实验室的大门，连门都没敲。

站在门口的是个四十五岁不到、肤色浅黑、胡子拉碴的男人。这位不速之客之前也来过研究室两三次，所以梶山一眼便认出他是滨泽教授的前夫。

"请不要打扰同学们上课。"

正在给组织切片染色的滨泽教授停手说道，语气冰冷。

"杏子，我有事要找你帮忙，你过来一下。"

菊谷却毫不在乎，执意要跟教授谈话。

"我都说了，我们还在上课呢！"

"十分钟就够了，帮帮忙啦。"

梶山和两个男生被菊谷的态度惹火了，朝门口走去。

"老师都下逐客令了，请您立刻离开实验室。"

菊谷假装没听见，面露奸笑。滨泽教授犹豫片刻后对梶山说道：

"我去趟职员室，十分钟左右就回来。你带着同学们继续做实验吧。"

梶山有些担心，主动提出："我陪您一起去吧？"但滨泽教授婉拒道："不用了，没事的。"随后便离开了实验室。梶山和学生们只得怀着忐忑的心情继续实验。

十分钟后，教授回到了实验室。关上的房门后传来菊谷的怒吼："你给我记住！"

梶山忙问："他找您干什么啊？"

滨泽教授用烦透了的口吻回答："让我借他十万块。我才懒得理他呢。"

"怎么又来了啊……"

"说什么赌马赌赢了会加倍还我的，没完没了唠叨了快十分钟。傻子才信他呢。"

激动涌上心头。滨泽杏子的前夫在案发当天也找过她，跟她有过争执。菊谷吾郎这个人变得越发可疑了。

"然后呢？"下乡巡查部长接着问。

"老师好像有些没精打采的。也难怪，前夫都跑到工作单位来闹事了……"

实操课一直上到正午。到了午休时间，滨泽杏子、梶山和两个女生一起在我们此刻所在的多功能室吃了午饭。女生们吃的是上学的时候顺路去面包店买的三明治，梶山吃的是妻子准备的便当。据说滨泽杏子吃的也是自己做的便当。这是她还没离婚时养成的习惯，每天早上做好便当带去单位吃。

"到了下午三点，老师离开研究室，去了大学门口的'POMME'咖啡厅。她很爱吃甜食的，去那家店点个蛋糕加红茶的甜品套餐是她每周的固定节目。虽然蛋糕偏小，但可以选两个，而且每款都很好吃，所以她特别中意那家店。"

我心想，原来如此……敢情滨泽杏子在推特上发的蛋糕和红茶的照片是在那家咖啡厅拍的啊。

"后来老师回了研究室，但在三点半刚过一点的时候就早退了。她平时都会待到七点左右的。"

"早退？为什么啊？"

"她说她觉得身子一阵阵发冷……当时她的脸色的确不太好，好像很不舒服的样子。'是不是感冒了啊……想吃点热乎的东西呢。'这就是老师跟我说的最后一句话。"

"除了看起来不太舒服，滨泽老师还有其他不对劲的地方吗？"

"好像没有，不过……"

梶山貌似想起了什么。

"她有什么不寻常的地方吗？"下乡巡查部长问道。

"说不寻常吧,是有点不寻常,但实在不是什么值得说的事情……"

"您觉得不值得说的小事,说不定也能成为破案的线索。能不能讲给我们听听呢?"

"是这样的……我上周末回了趟仓敷的老家,买了点当地特产盐豆包回来给研究室的同事们。昨天早上,我把东西带去了研究室,却忘了拿出来,到了午休时才想起来,于是就在多功能室把东西拿出来,分给老师和学生们吃。老师本来就爱吃甜食,而且在日式糕点里面,她最喜欢的就是这种盐豆包了。换作平时,她肯定会开开心心地接过去吃的,可是不知道为什么,她昨天居然没有要,说'我还是少吃点甜食吧'……可您就不觉得奇怪吗?她明明在三点多跑去吃了蛋糕呀……"

"的确有些不对劲呢。"

下乡巡查部长嘴上附和着,脸上的表情却有几分失望。

"她想表达的意思是不是'我待会儿还要吃两个蛋糕呢,就先不吃盐豆包了'?"

我抛出自己的猜测。

"那她完全可以直接这么说啊!'我还是少吃点甜食吧'这个说法,我总觉得有点奇怪……"

这话也许是有些奇怪,可惜我实在不觉得它会跟案情有什么关联。大学老师果然非比寻常,居然会纠结这种鸡毛蒜皮的小事。我看了看下乡巡查部长的神色，他好像也有同感。

我们对梶山道了谢，离开了病理组织学研究室。

接着，我们前往大学门口的"POMME"咖啡厅，找女服务生询问滨泽杏子有没有在昨天下午三点左右来过店里。服务生回答，"滨泽老师的确是那个时间来的"。据说被害者是这家店的常客，每周都要来一次，每次必点蛋糕加红茶的甜品套餐。于是我们便问："您记得她昨天点了哪款蛋糕吗？"服务生不假思索地回答："摩卡和白奶酪。"真是位模范服务生。

然后我们又去了正门口的保安室，因为保安可能看到了早退回家的被害者。幸运的是，保安真的看到她了。他告诉我们："滨泽老师是昨天下午三点四十分左右骑自行车回去的。"

下乡巡查部长说："您记得这么清楚啊！"看起来老老实实的二十多岁保安顿时羞红了脸。看来这位保安是滨泽杏子的"粉丝"，所以记得精确的时间。她的确称得上是知性美女，保安会迷上她也是人之常情。

※

当晚九点，警方在管辖该片区的那野东署召开了搜查会议。我们四组、鉴证人员和那野东署的搜查员齐集会议室，搜查一课的课长与那野东署的署长也出席了。

我们首先听取了司法解剖的结果。死因是心脏被刺造成的心包填塞。滨泽杏子是在被刺伤后不久死亡的。

法医在她的十二指肠中发现了米饭、肉、番茄、鸡蛋烧等食品的残渣。那是她中午吃的便当。她在四月十日把便当的照片发到了推特上。

另外，她的胃内有海绵蛋糕、黄油奶油、奶酪奶油、饼干、蔓越莓和黄桃组成的食糜。那是她在"POMME"咖啡厅吃的摩卡蛋糕和白奶酪蛋糕。

十二指肠内的食物残渣在体内停留了七小时，胃里的食糜则是四小时左右。被害者是正午时分吃的午饭，下午三点左右吃的蛋糕，所以法医推测的死亡时间是晚上七点前后。

验尸结果与案发现场的情况也完全吻合。炖菜与米饭都盛好了，却没有动过的迹象——也就是说，凶手是在她刚准备好晚饭的时候突然来访的。

守在大学正门口的保安称，滨泽杏子是在下午三点四十分左右骑车离开学校的。大学和她家的距离不足两公里，所以她到家的时间应该在三点五十分左右。到了傍晚，她开始做炖菜。七点左右，晚饭大功告成。她把饭菜盛出来，用手机拍了照，发了推特。就在这时，凶手来了。一进到她家的起居室、厨房兼餐厅，凶手就把刀插进了她的后背……

搜查一课的课长如此说道："被害者的前夫是头号嫌疑人。估计菊谷不仅去大学研究室找过人，当晚还跑去前妻家里借钱，却被一口回绝，于是一气之下就掏出随身带着的刀把人捅死了。当务之急是查清菊谷当前的所在地。明天一早就查！"

4

然而，我们迟迟没能查出菊谷吾郎身在何处。

一年多前和被害者离婚的时候，菊谷搬出了原本和她一起住的房子，可没人知道他现在住在哪里。滨泽安奈也一无所知。被害者与菊谷并没有共同的朋友，所以我们也找不到人打听。

被害者家里有地址簿，但上面没有写前夫的最新住址。警方还用最先进的调查工具破解了被害者的智能手机，提取了其中的数据。然而警方既没有从手机的通信录里找到菊谷的电话号码和电子邮件地址，也没找到被害人与菊谷使用社交网络联系的记录。

与此同时，搜查本部也探讨了被害者的妹妹滨泽安奈行凶的可能性。

她倒也不是完全没有动机。她给借债的朋友当了连带保证人，结果那个朋友申请了个人破产，人间蒸发了，于是巨额债务不得不由她偿还，她必须在两个月时间里还出两千万日元。被害者买了人寿保险，受益人是妹妹，理赔金额是三千万日元。姐姐一旦去世，妹妹安奈就能拿到这笔钱，所以她也有说得过去的动机。

然而，正如安奈在发现尸体后所说的那样，她是有不在场证明的。案发当天，她在那野站跟前的美发厅"Signe"上班，从下午两点一直忙到晚上十点。店长跟同事都能证明她在那段时间没有离开过美发厅一步。

而且考虑到姐妹俩的感情，安奈也不太可能是杀死姐姐的凶手。两人的年纪是差了八岁没错，不过姐姐在医学部念大三的那一年，她们的父母意外身故了。在那之后，姐姐靠着奖学金继续学业，同时打好几份工赚生活费，含辛茹苦地把刚上初中的妹妹养大。所以她们的感情绝非普通姐妹可比——认识这对姐妹的人都是这么说的。

❈

谁知踏破铁鞋无觅处，得来全不费工夫。

在遗体被发现的两天后，也就是四月十三日，我与牧村警部、下乡巡查部长一同前往殡仪馆，参加滨泽杏子的葬礼。凶手出席被害者的葬礼是常有的事，所以至少派一名警员到场是警方的惯例。此举也有助于提升士气，让大家怀着更高昂的斗志投入调查工作。

助教梶山达夫、研究室的学生们和大批同事也到场了。妹妹安奈坐在丧主席，双眼哭得格外红肿。

"你来做什么！"

突然，安奈的声音响彻会场。我转头一看，只见一个肤色浅黑、身材高大的男人站在丧主席旁边。

"……是你……是你害死了姐姐！你来这里干什么！给我回去！"

我恍然大悟——那人就是菊谷吾郎。

菊谷面露邪笑。

"你说我杀了你姐姐？话可不能乱说啊。你要是能证明是我杀的人，就把证据亮出来瞧瞧啊。我今天是来跟前妻道别的，就让我参加吧。"

"回去！你给我回去！"

听到安奈激动的声音，在场的男士纷纷起身，默默逼近菊谷。

"哎呀呀，有这么多骑士抢着英雄救美啊。那就没辙了，我还是撤吧。"

菊谷转过身去，双手插兜走出会场。

"阿下，交给你了。"

牧村警部轻声说道。下乡巡查部长拍拍我的肩说："走了！"然后就跟着菊谷出去了。我赶忙跟上。

"菊谷先生——"听到巡查部长的声音，高个男子回过头来。

"我们是警察，想找你了解了解情况。"

"警察能找我了解什么情况啊？"

"跟你的前妻有关。"

菊谷顿时露出不耐烦的表情。

"难道你们怀疑杏子是我杀的吗？"

"据说你这两个月经常骚扰她是吧？"

"骚扰？这话也太不中听了吧。好歹夫妻一场，我只是去找她借点钱而已啊。我都说了，赌马赢了会加倍还她的，可她一个子儿都不肯给。哼，真小气。"

我真想啐他一口唾沫。

下乡巡查部长用冷静的语气问道：

"恕我冒昧，请问你十日晚上七点左右人在哪里？在做什么？"

"十日晚上七点左右？那是杏子遇害的时间吗？"

"没错。"

明知故问，装什么蒜！我在心中骂道。

"十日晚上啊，我在居酒屋跟两个高中时代的好朋友喝酒来着，从六点多一直喝到九点多。"

"那家居酒屋叫什么名字？"

"'天之肴'。那边有各种好酒，警官们有空也不妨去坐坐哟，"菊谷咧嘴一笑，"我这就把两个朋友的名字和地址都报给你们，记得做笔录啊。去'天之肴'打听打听，再问问我朋友，你们就知道我有绝对可靠的不在场证明了。要怀疑我，也得先确认过不在场证明再说嘛。"

5

"……搜查本部立刻找'天之肴'和菊谷的两位朋友求证。两个朋友都说,那天他们的确跟菊谷吾郎在'天之肴'聚餐,时间也对得上。起初我们也怀疑过他们是不是在撒谎,可是无论问几遍,他们的证词都没有动摇,完全不像是在说谎的样子。他们都是有家有室的人,工作单位也是正经的公司,是脚踏实地的上班族,应该不会冒险帮人家做伪证的。而且我们还给'天之肴'的店员看了菊谷吾郎的照片,对方也说,这位客人的确在十日晚上来过。"

"那菊谷吾郎的不在场证明是真的成立了呀。"

柜台另一侧的时乃说道。

"是啊,不过在了解情况的时候,菊谷的一位朋友提到了一件耐人寻味的事情。他说菊谷在七点多的时候去了趟厕所,离开了八分钟左右。"

"八分钟?怎么不是个整数呢?"

"这位朋友是个狂热的球迷,聚餐的时候一直惦记着七点开始的球赛,所以他一边吃饭,一边用手机看比赛来着。据说菊谷几乎是在比赛开始的同时离席的,而其中一队刚拿下本场的第一分,菊谷就回来了。这个球是开赛后八分钟进的,所以菊谷离席的时间肯定是七点之后的那八分钟。"

"也就是说,他的不在场证明存在八分钟的空白呢。"

"搜查本部就把注意力集中在了这八分钟上。从'天之肴'走去滨泽杏子家大概只要五分钟，还是相当近的。我们猜想，也许他就是利用这段时间去案发现场行凶，然后再回来的……"

然而经过实验，我们发现八分钟貌似不太够用。从"天之肴"走去案发现场要五分钟，那就意味着骑摩托车的话，两分钟左右就能到了。往返就是四分钟，用剩下的四分钟行凶即可——这么算当然没错，可实际操作起来并没有那么简单。首先，离开居酒屋的时候得非常小心，不能被店员看见。因为店家生怕顾客吃霸王餐，所以店员会不露声色地盯着，以防顾客不买单就走人。要想在不被店员察觉的情况下离开，就得等候店员没在注意的时机，这还是很费时间的。更何况抵达现场之后，凶手还得按门铃，等被害者开门，再跟她寒暄几句，让她放松警惕。算上这些环节的时间，八分钟根本不够用。有个二十来分钟的话还勉勉强强说得过去，可八分钟实在太短了。

"杏子女士的遗体有没有可能被搬动过呢？也许她是在'天之肴'附近遇害的，案发后过了一段时间才被搬去了她家。真正的案发现场在'天之肴'附近，所以只离席八分钟也有可能作案。九点多跟朋友们分别之后，再把案发现场的遗体搬去杏子女士的家里。如此一来，就能给自己制造不在场证明了。"

她明明不是刑警，脑子却转得挺快。莫非这是前任店主——她的爷爷悉心栽培的成果吗？

"从理论上讲，这个可能性的确存在，但实际操作起来很难啊。

你说真正的案发现场也许在'天之肴'附近,那么凶手要在哪里行凶呢?难不成他在'天之肴'附近租了个专门用来行凶的窝点吗?"

"菊谷先生可以提前把车停在'天之肴'附近的停车场,在车里用安眠药让杏子女士陷入昏睡状态。然后在聚餐期间偷偷溜出来,在车里行凶后再溜回去。等朋友们走了,再开着那辆车去杏子女士家,把遗体搬进屋——您觉得这个方法怎么样?"

"很遗憾,这套推论也是站不住脚的。'天之肴'是居酒屋,本身是没有停车场的,附近也没有。我们也不是没考虑过他把车停在路边的可能性,但是把装着尸体的车停在马路边未免也太危险了。最近'天之肴'周边刚好在大力整治违章停车呢。而且菊谷压根就不会开车。"

"原来是这样啊,"时乃微笑道,"好一阵子没破解不在场证明了,手有点生了呢。"

"手有点生"?推翻不在场证明又不是什么体育运动……我不禁暗暗吐槽。

"给您换一杯茶吧。"

时乃走出柜台,拿起我的茶杯。

我对她说:"这茶真好喝啊。"

"多谢夸奖。泡茶的诀窍也是爷爷教我的呢。对了,说起茶……豆包跟茶真是绝配呀。"

"嗯,是啊。"

"盐豆包是一种什么样的糕点呀？"

见时乃突然问起这个，我不由得担心起来。这姑娘不会是电波系[1]的吧？

"用面粉做的，皮是咸的，里面是豆沙馅。"

她问这个干什么？难道是被茶香勾起了食欲？

不知为何，时乃竟露出带着几分哀伤的微笑，随即说道：

"时针归位——菊谷吾郎先生的不在场证明已经土崩瓦解了。"

6

"真、真的吗？"

她光是听我讲述案情，就成功推翻了困扰警方整整一个月的不在场证明？如果她真有这么大的本事，我绝对会痛痛快快地掏那五千日元的酬金。

"杏子女士在案发当天正午过后在多功能室吃了便当。当时助教梶山先生拿出老家买的特产盐豆包给大家吃，但杏子女士婉拒了。她明明很爱吃这款糕点，换作平时早就吃了。"

"对，梶山是这么说的。有什么问题吗？"

"杏子女士为什么拒绝了盐豆包呢？这个疑问就是推翻不在场

---

[1] 指活在自己的世界里，有妄想症状、难以沟通的人。

证明的突破口。"

"啊?"

"受害者是位女士,所以她为了减肥不吃豆包的可能性是存在的,但是当天下午三点左右,她去咖啡厅点了蛋糕和红茶的套餐。这就说明她并没有在减肥。那么她到底为什么要拒绝盐豆包呢?我是这么想的——要想搞清她为什么不吃盐豆包,不妨反过来琢磨一下,如果她吃了盐豆包,会产生什么后果呢?"

"吃了盐豆包会产生什么后果……?"

"没错。她之所以拒绝盐豆包,是不是因为吃了它会造成某种困扰呢?也许她就是想避免这种困扰才拒绝了盐豆包。"

"吃盐豆包会造成某种困扰?能有什么困扰啊?除了多摄入了一些热量,不会有任何不良后果啊。还是说,你觉得她是对盐豆包过敏吗?的确有人会对做糕点用的小麦什么的过敏,可被害者之前也吃过盐豆包,什么事都没有啊。因为体质改变,突然对小麦过敏了倒也说得过去,但她当天三点多不是还跑去咖啡厅吃蛋糕了吗,不可能是过敏啊。"

"我站在非常单纯又现实的角度想了想——在午餐时间吃了盐豆包的后果,就是便当和盐豆包在杏子女士的胃里相互混合。"

"混在一起不行吗?没有任何问题啊。"

"乍一看是没有任何问题。可如果看起来是便当的东西其实并不是便当,而是在胃里跟盐豆包混在一起会显得非常不对劲的东西呢？"

"混在一起会显得不对劲的东西？到底是什么啊？"

"如果看起来像便当的东西，其实是蛋糕呢？"

"蛋糕？"

"嗯，看到杏子女士用筷子吃便当盒里的东西，谁都会想当然地认定盒子里装的是饭菜。可要是便当盒里装着的是蛋糕，杏子女士是在用筷子吃蛋糕呢？她在案发当天点的是摩卡蛋糕和白奶酪蛋糕对吧？把茶色的摩卡蛋糕用作肉扒，假装白色的白奶酪蛋糕是米饭，再把装饰白奶酪蛋糕的蔓越莓跟黄桃伪装成小番茄和鸡蛋烧，是不是很容易蒙混过关呢？案发当天中午，杏子女士是跟梶山先生还有两个女生一起吃的午饭，但他们总不可能像亲密的朋友那样挨着坐或面对面坐吧？考虑到教授、助教和学生的身份之别，他们相互之间应该是有一定距离的。既然坐得不近，那么在梶山先生和女生们看来，杏子女士就是在吃便当。大家做梦都不会想到，便当盒里装着的竟然是蛋糕。大家都认为杏子女士在中午吃了便当，又在下午三点左右吃了蛋糕，殊不知她中午吃的不是便当，而是蛋糕。这么一想，就能理解她为什么会在午餐时间婉拒盐豆包了。盐豆包一下肚，就会在胃里跟蛋糕混在一起，暴露胃里的蛋糕跟盐豆包是在同一时间——也就是正午时分吃下的事实。于是'滨泽杏子在正午时分吃了便当'这一伪装就站不住脚了。如果不是盐豆包，而是西式糕点，也许会跟胃里的蛋糕融为一体，难以区分，可盐豆包里的豆沙是西式蛋糕绝对不会用的东西。两者一旦混合，'盐豆包跟蛋糕是同时吃的'这件事就会一目了然。"

时乃的假设实在太离奇，听得我瞠目结舌。

"原来如此，这样的确能解释被害者为什么拒绝了盐豆包……可你说她中午吃的不是便当，而是蛋糕，但她的十二指肠里明明有米饭、肉、番茄和鸡蛋烧的残留物啊。这说明她的确吃过便当不是吗？"

"在杏子女士的十二指肠里找到的便当残留物并不是中午吃的，进食时间要更早一些。司法解剖的结果显示，便当进入体内的时间比蛋糕早了三小时。既然蛋糕是在中午吃的，那么十二指肠里的便当就是上午九点多吃的了。"

"不对啊……你说蛋糕是中午吃的，可被害者明明在下午三点多去'POMME'咖啡厅吃了蛋糕啊。那些蛋糕上哪儿去了呢？"

"她并没有在下午三点吃蛋糕。红茶大概是喝了的，可蛋糕并没有真的吃下去，只是装了装样子，再找机会塞进手提包里。当然，她藏蛋糕的时候肯定很小心，免得被服务员和其他客人看到。

"大家都以为杏子女士中午吃了便当，三点多吃了蛋糕，其实她中午吃的'便当'是蛋糕，而真正的便当是在三小时前——也就是上午九点多吃的。换句话说，实际吃便当和蛋糕的时间都比她伪装的时间早了三小时。因此根据十二指肠内的便当残留物和胃内的蛋糕残留物得出的死亡时间也不是晚上七点，应该再往前推三小时。"

"再往前推三小时……？你的意思是，被害者其实是在下午四点遇害的吗？！"

"是的。杏子女士的遗体是第二天早上八点多被发现的，当时距离案发已经有十六小时了。所以根据尸体现象推算的死亡时间的误差范围会相应变大。明明是下午四点死的，却被误判成了晚上七点。"

听到这话，我猛然想起在发现尸体后进行的初步调查中，验尸官推测的死亡时间的确是"前一天傍晚到夜间"。

"可凶手是用什么借口说服杏子把蛋糕装进便当盒，又让她用筷子吃蛋糕的呢？又是用什么借口让她把咖啡厅的蛋糕藏进包里的呢？我知道这样会让警方误判死亡时间，可凶手总不能把真正的目的告诉她吧？被害者肯定是被凶手的花言巧语骗了，可凶手到底要摆出什么样的借口，才能让被害者按自己的计划做呢？"

"认定杏子女士是因为上当受骗才做了这些事，未免有些牵强。无论是谁，听到这样的要求都会起疑心的。没有被害者的全力配合，这套伪造的不在场证明就不可能成立。那就意味着杏子女士早就知道这一系列的行为会让警方误判自己的死亡时间，进而为凶手提供不在场证明。"

"她早就知道这样会给凶手提供不在场证明？谁会特意给要杀自己的人制造不在场证明啊？"

"只有一种合理的解释——是杏子女士求凶手杀了自己的。"

绝对不在场证明 035

※

"求凶手杀了自己……？"

"杏子女士想要自杀，但她有不能自杀的苦衷。于是她就找到凶手，请他杀死自己。作为回报，她决定为凶手制造不在场证明。"

"这么说的确能解释得通……那凶手到底是谁啊？"

"我刚才也说了，杏子女士吃便当的时间其实是上午九点多。当时她在哪里呢？"

"上午九点多的话，她应该在实验室。"

"照理说助教梶山先生和同学们也在实验室，那他们有没有提到杏子女士在那个时间吃了便当呢？"

"没有啊……那岂不是意味着被害者明明当着他们的面吃了便当，但他们瞒着没说？他们就是受托杀死被害者的凶手……？"

"不。杏子女士之所以把蛋糕装进便当盒里吃，就是为了欺骗跟自己一起吃午饭的梶山先生和同学们。如果他们是凶手，杏子女士就没有必要把蛋糕装进便当盒了。"

"啊，对哟……可梶山他们不是凶手的话，看到被害者在上午九点多莫名其妙吃起了便当，肯定会觉得很奇怪，不可能没注意到啊，照理说早就该告诉我们警方了……"

说到这儿，我心中一凛。因为我察觉到了一种惊人的可能性。

"……对了！案发上午九点多，菊谷来实验室要过钱。被害者离开了十分钟左右,跟他一起去了职员室。难道被害者就是利用那段时间吃了便当?"

"这是唯一合理的解释。杏子女士当着菊谷先生……"

"可菊谷完全没提过这茬啊。也就是说,受被害者之托动手杀了她的人就是菊谷吗?!"

"没错。杏子女士对外宣称她在职员室听菊谷先生啰唆了十分钟,从头到尾都在要钱,其实她是利用那段时间把便当吃了。其间菊谷先生应该一直守在门边,确保没人进来。十分钟后,杏子女士吃完便当,回到实验室,而菊谷先生则装出一副借钱不成恼羞成怒的样子,大吼一声'你给我记住!',扬长而去。"

"那……菊谷一次次上门借钱,其实是……"

"他一直在演戏,以便掩饰他跟杏子女士的共犯关系。"

"演戏……"

我呆若木鸡,不自觉地喃喃道。

"让我们从头梳理一下这起案件吧。案发当天中午,杏子女士装作吃便当的样子,其实吃的是装在便当盒里的蛋糕。这些蛋糕应该不是在大学门口的'POMME'咖啡厅买的,而是在别处买的。毕竟杏子女士是每周都要去一次的常客,要是她这周莫名其妙去了两次,服务生一定会记住的,提前一星期买好放着也不现实。但是用别处买的蛋糕代替也完全没有问题。反正进到胃里就看不出来是哪家店买的了。

"到了下午三点左右,她去'POMME'咖啡厅点了蛋糕加红茶的甜点套餐，但她只喝了红茶，蛋糕却被她藏起来了，可能是塞进包里了。这样就造成了她在三点左右吃过蛋糕的假象。

"顺便说一下，杏子女士之所以在推特上发便当和甜品套餐的照片，也是为了进一步巩固伪装，给人留下'滨泽杏子中午吃了便当，三点吃了蛋糕和红茶'的印象。

"三点四十分，杏子女士以身体不适为由，提前离开了大学。助教梶山先生也说，当时她的脸色很差，看起来很不舒服的样子。毕竟她很清楚自己马上就要死了，看起来没精打采也是在所难免的。

"她在三点五十分左右回到家里。就在这时，她的前夫，也是本案的共犯菊谷先生来了。为了方便菊谷先生动手，她趴在了餐厅的地板上。菊谷先生对准后背中央偏左，也就是心脏所在的位置，一鼓作气扎下去。杏子女士有医学背景，所以她肯定知道心脏对应后背的哪个位置，能给出准确的指示。这件事应该是四点发生的。"

光是想象那一幕，我都觉得胸口堵得慌。

"杏子女士是四点前后去世的，所以所谓的'案发当晚做的炖菜'其实是提前做好的。大概是案发当天早晨出门上班之前做的，或是前一天夜里做的。水池沥水篮里的菜皮也是案发当天早上或前一天夜里准备好的。电饭煲里的米饭也是同样的情况，利用定时功能，让米饭在当天晚上七点煮好。然后在出门前，杏子女士把炖菜和米饭盛好，用手机拍了照片备用。此时电饭煲里的米饭还没有做好，杏子女士只能把冰箱冷冻室里的米饭拿出来解冻后使用。

"帮杏子女士实现愿望之后，菊谷先生就带着她的手机离开了案发现场。因为这部手机稍后还有用。

"从傍晚六点开始，菊谷先生和两个朋友来到'天之肴'聚餐，制造了不在场证明。因为工作的关系，杏子女士肯定知道食物会在胃里消化多久，过了多久会移动到十二指肠，所以她能准确预测出警方会把自己的死亡时间误判成几点。菊谷先生之所以在七点的头八分钟离席，正是为了让警方把注意力集中在这段时间，进一步巩固'滨泽杏子死于七点前后'的伪装。于是警方会光顾着推翻这八分钟的不在场证明，全然想不到他们推断的死亡时间本身是错的。菊谷先生之所以在距离杏子女士家只有五分钟路程的居酒屋制造不在场证明，也是为了放烟幕弹，让警方误以为'只有五分钟的距离，他也许能用某种特殊的手段往返于居酒屋和案发现场'。

"与此同时，菊谷先生用案发现场拿来的手机，把杏子女士提前拍好的炖菜照片和提前写好的文字发到了推特上。

"到了九点多，菊谷先生和两个朋友分开后回到杏子女士家，把她的手机放回餐桌上。他从电饭煲里盛了一碗米饭出来，这样电饭煲里的饭就少了一碗的量，盛出来的饭大概是当场吃掉或者带走了吧。

"无论是在葬礼上，还是在警方问话的时候，菊谷先生都完全没有表现出对前妻的哀思，态度极其挑衅，这是为了把警方的怀疑集中在自己身上。菊谷先生的嫌疑越重，他与被害者的共犯关系就越不容易被发现，他的不在场证明也越不容易被破解。这话听起来矛盾，但菊谷先生越是吸引警方的怀疑,他的不在场证明就越是牢固。"

"可被害者为什么不直接自杀,而是要找菊谷帮忙呢?"

"因为她想把自己的死伪装成他杀。据说她买了一份三千万日元的人寿保险,受益人是妹妹安奈对吧?杏子女士想把这三千万日元送给妹妹。可是人寿保险有自杀免责条款,如果在签约后的规定期限内自杀,保险公司是不赔的。所以杏子女士决定用'无论怎么看都是他杀'的方法结束自己的生命。"

"可……为了把这三千万日元给妹妹就去死,这也太……"

"大概是她知道自己得了某种重病,活不了多久了。司法解剖没有查出这件事,那就说明病灶应该在司法解剖不会检查的部位——也就是肺、胃和肠道以外。她肯定是觉得,反正自己已经没几天好活了,还不如最大限度地把这条命利用起来。"

"既然活不了多久,那她为什么不干脆等到自己病死呢?这样妹妹也能拿到理赔啊。"

"安奈女士欠了两千万日元的债,只剩两个月时间筹钱了对吧?杏子女士是得了重病没错,可她不一定会在两个月内死去,说不定要拖上半年,到时候就来不及了。所以杏子女士没法等到自己病死的那一天。"

"那菊谷为什么要答应被害者呢?就算她死了,菊谷也得不到一分钱的好处啊。可他还是答应了被害者,真的动手杀了她……再说了,他虽然有不在场证明护身,可是假扮跟踪狂什么的也太……"

时乃露出哀伤的眼神说道：

"这一定是因为，菊谷先生直到今天依然深爱着前妻——爱到心甘情愿接受杀死她的请求。"

7

"嗯，我还爱着她。"

菊谷吾郎在搜查一课的审讯室说道。他的脸上写满了疲惫，但之前的挑衅早已消失得无影无踪，口吻分外平和。

我在搜查会议上道出了美谷时乃的推理，但没有提推理的人是谁。要是说了，就证明我触犯了地方公务员法，擅自泄露搜查机密给无关人士的事情就暴露了。所以我虽然心中有愧，却只能假装这些都是我自己想出来的。在场的所有人都听得心服口服，立刻要求菊谷自行前来警局配合调查，把这套推论摆在他面前。菊谷内心的动摇显而易见。强撑片刻后，他便招认了。

事情要从案发的两个月前说起。被害者主动联系他，说"有件事只能找你帮忙"。菊谷十分诧异，不知道她找自己有什么事。就这样，他见到了阔别十一个月的前妻。

久未谋面的前妻显得有些憔悴。她对菊谷说道——我得了晚期胰腺癌，怕是没几天好活了，所以我想以"怎么看都是他杀"的形式结束自己的生命，把赔款送给妹妹。我已经想好了办法，会给你准备好不在场证明的，求你杀了我吧。我知道这是个不情之请，可是除了你，我实在找不到别人帮忙了……

　　菊谷怒喝道，别说这种傻话！他劝了一遍又一遍，无奈她决意如此，无可动摇。最终，菊谷还是点头了。

　　"离婚前，我沉迷赌博，伤透了她的心。我心想，现在的我要想让她开心，唯一的法子就是实现她的愿望。"

　　我不由得想，为了实现爱人的愿望，眼前这个男人选择了一条无比残酷的路。他扮演了一个屡次骚扰前妻要钱的跟踪狂，扛下了夺走她生命的任务，却连出席爱人的葬礼都成了奢望，还不得不在警官面前故意说些贬低前妻的话。

　　菊谷的双肩微微颤动。

　　"可到头来，还是被你们警察看穿了。我还是没能实现她的愿望啊。要是能回到过去，回到刚和她结婚的时候就好了。这样我就不会再让她伤心了……"

　　美谷时乃的身影在我的脑海中闪过。

　　接过五千日元酬金的时候，她对我道了谢。但那句"谢谢"显得有些消沉。也许她是在为糟蹋了滨泽杏子的良苦用心而自责。

　　"钟表的指针可以归位，可要是拨动指针就能让时间倒流，那该有多好啊……"

　　说着，她露出了落寞的微笑。

第 2 话

钟表店侦探与凶器的不在场证明

1

"美谷钟表店"的门面只有一间半宽，木质外墙尽是岁月的痕迹。写着店名的招牌挂在门口。

它的左边是一家老旧的照相馆，墙上挂着纪念照。右边是一家肉铺，可乐饼的香味扑鼻而来。

这里是鲤川站东口的拱顶商店街，规模不大。

我假装在看橱窗里的钟表，在店门口驻足片刻。踌躇和"非进去不可"的念头在心中激烈碰撞。

片刻后，我做了个深呼吸，推开店门。丁零零的钟声响起。店里开着空调，温度恰到好处。

背对着我坐在柜台后面忙活的年轻女子回过头来——她留着波波头，身材娇小，肤色白皙，气场神似小白兔。她戴着放大镜片，右手还拿着螺丝刀。

"欢迎光临。"

店主美谷时乃微笑着跟我打招呼。

"呃……"我有些支支吾吾。

"嗯？"

"呃……"

"有什么事吗？"

"我想请你帮忙推翻不在场证明！"

我下意识吼出了这句话，赶忙补了一句："对不起。"

"推翻不在场证明是吧？多谢惠顾！能再次接受您的委托真是太荣幸了。"

时乃彬彬有礼地低头道谢。

这家店不光提供钟表维修、换电池等服务，还能帮顾客推翻不在场证明。恐怕找遍日本全国，都找不到第二家这样的钟表店了。为什么钟表匠还接这种活儿呢？店主如是说："主张自己有不在场证明的人都会说'我几点几分在哪个地方'。也就是说，钟表成了主张的依据。既然如此，那么钟表匠不就应该是最擅长解决不在场证明问题的人吗？"理由实在牵强，但这貌似是前任店主定下的方针，事到如今也没法改了。

两个多月前，我碰巧来到这家店给手表换电池，却发现店里贴着"代客推翻不在场证明"字样的广告，一时鬼迷心窍，便道出了困扰我多时的难题。谁知店主时乃的表现大大出乎我的意料——她以精彩的推理解决了我的问题。不过由于工作性质比较特殊，我本来都下定决心再也不找她了。没想到这一回我又碰上了同样的难题，想破了脑袋都没想出个头绪来。无奈之下，我只能厚着脸皮，再次委托她破解不在场证明。

为什么要用"厚着脸皮"这四个字呢？因为我是搜查一课的刑警啊。而且擅自泄露搜查机密，本就触犯了地方公务员法第三十四条。

她跟上次一样，请我在古董沙发落座；接着又端了一杯清香宜人的绿茶过来，然后回到柜台后面坐好，说道："那就请您讲讲事情的来龙去脉吧。"

我喝了口绿茶润喉，清了清嗓子。

"这起案件的情况有点特殊，警方先发现的不是尸体，而是凶器……"

2

六月十七日，星期六。日湖市户田邮局向县警报案，称邮递员在下午三点去户田町收取邮件的时候，竟在邮筒中发现了手枪。

闻讯后，县警的组织犯罪对策课顿时被紧张的气氛笼罩。因为发现手枪的那个邮筒，就在黑社会组织"白岚会"的总部办公室附近。白岚会与另一个黑社会组织"小八木组"有矛盾。这几个月里，双方的底层组员之间冲突频发。在十六日夜里，县警接到匿名报案，称小八木组的打手计划在第二天袭击白岚会总部，所以组织犯罪对策课的警员们提前在白岚会总部周围布下了天罗地网。

组织犯罪对策课推测，出现在邮筒中的手枪也许与黑帮之间的冲突有关。邮局职员称，当天下午三点，负责收取信件的邮递员打开邮筒，拿出了装有邮件的袋子。他把"大型邮件"那一侧的袋子放在收信专用的面包车的地板上。就在那一刻，他竟听见咚的一声，仿佛袋子里装着什么坚硬的金属。邮递员起了疑心，便打开袋子翻了翻，找到了混在邮件中的手枪。这个邮筒每周六开两次，一次是上午十点，另一次是下午三点，所以手枪一定是在这两个时间点之间被塞进邮筒的。

那是一把7.65毫米口径的FN勃朗宁M1910自动手枪。这款枪的体积很小，而且表面的凸起物也都做得尽可能小，以便顺畅地从衣服里面拔出来而不至于被钩住，所以把它塞进"大型邮件"的投寄口不成问题。

警官们立刻察觉到，枪口散发着浓烈的硝烟味。换言之，这把枪最近刚发射过子弹。不仅如此，枪口附近还附着几丝看似血液的东西，可见它曾零距离射中某种动物（人类？）。手枪中留有六发子弹。FN勃朗宁M1910自动手枪的弹匣最多能装七发子弹，膛室也能装一发，加起来是八发。如果子弹原本是装满的，那就意味着这把枪发射了两发子弹。

调查结果显示，附着在枪口的东西是人血。警方也查过指纹，可惜这把枪被人上上下下擦过一遍，完全找不到指纹。

也许是小八木组的打手开枪击中了白岚会的组员，也可能是白岚会的组员反杀了小八木组的打手。然而，案发现场周围埋伏着大量的组织犯罪对策课警官。凶手可能是怕自己拿着手枪的样子被警察看到，于是就近找了个邮筒，把枪扔了进去……警方带着这样的推论，前往白岚会和小八木组了解情况。警官们把两个黑帮查了个底朝天，却连个伤者都没找到，更别提死者了，也没有一个人有过可疑的举止。

直到第二天，也就是六月十八日，大家才知道莫名出现的手枪到底击中了什么。

上午十点多，警方接到报案称户田町发现了一具尸体，死因是枪杀。根据初步勘查，死者貌似是普通市民。当值的搜查一课第二强行犯搜查四组（我所在的组）立刻赶往现场。

案发现场位于住宅区，是一栋两层高的独门独院小楼。用于保护现场的警戒带外面站满了围观群众。众人带着激动的神情，说个不停。制服警官守在警戒带前，防止无关人员擅闯现场。

我和四组的其他成员进到警戒带内侧，与先一步赶到现场的日湖署警官们打了招呼。

"被害者是什么情况？"组长牧村警部问道。

"是住在这里的一个叫布田真的男人，三十岁，好像是单身，一个人生活。"

"是谁发现的？"

"一个叫佐藤研作的人。他说他在上午十点来到被害者家，结果就发现了尸体。"

"被害人是做什么工作的？"

"好像是在大村制药上班。"

就在这时，一个身高足有一米八的彪形大汉朝我们走来。他长得神似斗牛犬，头发烫成黑人卷，吓得围观群众连忙给他让道。见他要钻警戒带，制服警官伸手阻拦，牧村警部却说："没关系，自己人。组织犯罪对策课的真壁。"

"哟，牧村，好久不见啦。"

彪形大汉声如洪钟。早就听说组织犯罪对策课有几位外形与黑帮成员无异的警官，可这位的黑帮范儿格外足。他没对牧村警部说敬语，可见他们大概是警校的同学。

"你觉得不是白岚会干的，就是小八木组干的，所以亲自出马了？"

"嗯，手枪也不是普通人会用的凶器啊。"

警部转身对我们几个部下说："在鉴证课开工之前，我们先去现场看看吧。"

在警部的带领下，我们四组走进了布田家。

进入玄关后，映入眼帘的是一条短短的走廊。走廊尽头就是厨房、餐厅兼起居室。案发现场位于更靠里的房间。

"乖乖，不得了……"

那竟是一间六张榻榻米那么大的音响室。地上铺着木地板，墙边摆着两台巨型音箱，相互之间有一定的距离。大约三米开外的地方摆着一张双人沙发，正对着音箱。

被害者穿着短袖衬衫与牛仔裤，倒在沙发前方一米多远的位置。沙发底下铺着一块两米见方的地垫。被害者就倒在地垫上，与沙发基本平行。他左肩朝下，面向沙发侧卧着。

地垫上沾有干透了的红黑色血迹与脑浆。那刚好是将侧躺的尸体调整成仰面朝天的状态时，头部所在的位置。也就是说，被害者是在仰卧的状态下被击中了头部，后来才改变了姿势？他的身子十有八九是被凶手踹翻的。

米色地垫上的红黑色血迹与脑浆组成了一幅奇怪的抽象画。我顿感反胃，好容易才忍住。要是真吐了，我下半辈子怕是要在前辈们的嘲笑中度过了。

我环视四周，发现这个房间没有窗户，所有墙面不是贴着吸音板，就是贴着形似吸音板的东西。说句不好听的——这环境简直太适合枪杀了。墙边有个柜子，里面塞满了唱片与CD。一看标题，全是古典乐。

临近天花板的位置装了空调。可见被害者习惯在这个房间逗留相当长的时间。

鉴证课的验尸官着手检验尸体。其他鉴证人员也开始采集指纹、拍摄现场照片。在案发现场，鉴证课的工作享有最高的优先级，所以我们四组暂时离开了音响室。

日湖署的警员把发现尸体的佐藤研作带了过来。他五十多岁，身材微胖，脸色惨白。

慰问过后，牧村警部问道："您今天为什么要过来啊？"

"我跟布田都是音乐发烧友，尤其爱听古典乐的LP[1]。布田说要买我手里的稀有LP，所以我跟他约好了，上午十点带着东西过来找他。我是十点整到的，可是按了好几次门铃屋里都没反应。我本以为他不在家，可遮光窗帘没有拉开，屋里还亮着灯，怎么看都不像是出了门的样子。于是我就打他的手机，可他也不接。玄关的房门也没上锁。我心想，他也许是在音响室听音乐，把音量开得太大了所以没听见，就自己进了屋，结果走进音响室一看……"

佐藤瑟瑟发抖，说不出话来。

"您知道布田先生为什么会遇害吗？"

"不知道啊，他就是个很普通的青年，为什么会死得这么惨……"

"布田先生平时跟黑帮有接触吗？"

本案在白岚会与小八木组摩擦不断的时候发生，再加上凶器是手枪，警方会怀疑被害者与黑帮有关也是理所当然的。

"黑帮？怎么可能有啊！"

佐藤不住地摇头。

"恕我冒昧，请问您昨天从早到晚都做了些什么？"

---

[1] 黑胶唱片。

"难道警方怀疑到我头上了？"

"不不不，只是例行公事问一下罢了。"

"昨天白天……我一直在陪客户打高尔夫。"

佐藤答得战战兢兢。他要是凶手，那只能说他是天生的影帝了——绝对不是他干的。问清联系方式后，我们就放佐藤回去了。

"你们去附近转转，问问街坊邻居有没有听到奇怪的声响，或看到可疑的人物跟车辆。"

牧村警部一声令下，我们两人一组，分头去附近的人家了解情况。

这两天总有黑帮成员和组织犯罪对策课的警官们在白岚会总部周围转悠，现在又出了杀人案，所以街坊们有的忧心忡忡，念叨着"好吓人啊"，有的却是满脸好奇。可惜大家什么都没看到，也什么都没听到。要是有人听到枪声，就能锁定犯案时间了，奈何我们完全搜集不到这方面的证词。坏就坏在凶案发生在做过隔音处理的音响室啊。

❋

通过司法解剖，法医推测布田的死亡时间在六月十七日（星期六）的下午两点至四点之间。凶手对他开了两枪：一枪在右大腿造成了盲管伤[1]，子弹碰到大腿骨后停下了；另一枪在口腔内形成了

---

[1] 子弹存留在体内的损伤。

贯通伤[1]。子弹在破坏脑髓后打穿后脑勺，贯穿地垫，嵌入地板。

右大腿的盲管伤有生活反应[2]，而口腔内的贯通伤直接破坏了脑髓，所以布田挨了那枪之后必然是当场毙命。由此可见，前者是第一枪，后者是第二枪。

另外，右大腿伤口处的牛仔裤和口腔内都有火药附着，可见两枚子弹都是在枪口顶着被害者的状态下发射的。凶手先射中了布田的右大腿，使他倒地不起。然后再把枪口插进布田嘴里，开了第二枪。但尸体被发现的时候，布田并非仰面朝天，而是侧卧在地，很有可能是凶手把他踢翻了。换言之，凶手对他抱有强烈的恨意。

警方比对了两枚子弹的膛线和邮筒中的手枪，确定夺走布田性命的子弹就是用那把手枪发射的。

虽然法医推测的死亡时间是下午两点到四点，但手枪是在三点之前被投入邮筒的，因此行凶时间必然在两点到三点之间。

凶手在行凶后带着手枪离开现场，却看到了守在白岚会总部办公室附近的黑帮成员与负责警戒的组织犯罪对策课警员。他刚杀了人，处于极度紧张的状态，自然会担心自己的一举一动会不会显得可疑。一旦被人盯上，遭到搜身，手枪就会暴露，到时候就彻底完蛋了。情急之下，凶手便把手枪丢进了附近的邮筒。

---

[1] 子弹射出体外的损伤。
[2] 暴力作用于生活机体时，在损伤局部及全身出现的防卫反应。根据生活反应可确定受伤时人还活着，有时还可借以推断损伤后存活的时间。

凶手作案时可能戴了手套，不过这个季节戴手套反而惹眼，所以他也有可能提前在手指上涂了胶水，晾干后再摸枪就不会留下痕迹了。总之，凶手没有在手枪上留下任何指纹。也正因为如此，他才能毫不犹豫地把枪扔掉。

警方将从两方面入手开展接下来的调查工作：一方面自然是布田遇害的理由；另一方面则是手枪的出处。在日本这个国家，手枪是很难搞到的东西，所以我们也许能通过手枪的获取路径揪出凶手。

搜查本部起初怀疑手枪出自白岚会或小八木组。毕竟黑帮私售枪支是常有的事。可这两个黑帮都没有这方面的"业务"。

我被分到了调查"布田为何遇害"的那一队，与下乡巡查部长一同前往布田的工作单位——大村制药。

大村制药是一家中等规模的制药公司，总部位于舞黑市，拳头产品是止痛剂与镇静剂。

公司总部大楼共有八层，外墙用了不少玻璃。下乡巡查部长在前台出示了证件，提出要见死者布田真的上司。前台的女员工神色紧张地拿起了内线电话的话筒。

我们在前台等了一小会儿，电梯门便开了。一个四十岁上下，戴着眼镜，身材偏瘦的男人走进我们的视野。他一身挺括的西装，看着像是名牌货。高挺的鼻梁与薄薄的嘴唇，给人留下"精明能干"的印象。

他走到我们跟前，自报家门说他是被害者的上司平根胜男。他递过来的名片上写着"生产管理课课长"。

下乡巡查部长问,有没有适合谈话的地方,他便将我们带到了会客室。

"听说布田被人杀了,我真是吓得不轻……怎么会出这种事呢?"平根一脸沉痛地说道。

"关于布田先生遇害的原因,您有什么头绪吗?"下乡巡查部长问道。

"没有啊。布田为人踏实,正义感也强,不是那种会遭人怨恨的性子啊。"

"那他有没有跟您提起过他有什么烦恼,或是遇到了什么麻烦?"

"没有啊,完全没提过。"

"他最近有什么不对劲的地方吗?"

"没有啊,工作很认真,就跟平时一样。"

"生产管理课是负责哪块业务的呀?"

"我们的主要工作是统一管理工厂生产的医药制品。"

"那应该是比较重要的部门吧?"

"对公司来说,每个部门都是不可或缺的,不过在维持敝社的医药制品质量、保障市场供给这方面,说我们是最重要的部门倒也不为过。"

平根嘴上谦虚,但言语中透着满满的自负。

"有没有可能是'生产管理课员工'的身份让他招人忌恨了？"

"不会吧，不过是统一管理工厂生产的医药制品，怎么可能招人忌恨呢？"

"有没有出现过'投诉狂'上门闹事的情况呢？"

"生产管理课平时是完全接触不到顾客的。虽然敝社也遇到过投诉狂，但负责应对的是其他部门的同事。"

"布田先生住的好像是独门独院的房子。三十岁的单身汉住这样的房子还挺少见的吧？"

"我好像听他提起过，说那是他父母留给他的遗产。他不是有很多LP唱片吗？据说那原本也是他父亲收藏的。"

"那他有没有提起过在收集LP的过程中碰到的纠纷啊？"

"没有啊，完全没提过。"

后来，我们请平根找来布田的同事，和他们打听了一下布田遇害可能的原因，可大家都是连连摇头，毫无头绪。他们口中的布田就是个标准的三好青年。

3

六月二十八日，警视厅逮捕了一名将据点设在东京都内的手枪贩子。在线接单后用邮政小包寄到买家指定的地址是他的惯用伎俩。警视厅没收了他的电脑，找到了一个Excel文件，里面记录了他卖出的手枪的名称、序列号、随包裹寄出的子弹数量、金额、收货地址、下单日期与发货日期。

买家足有五十多人，遍布日本全国。警视厅立即将相关数据发送至买家所在地的警局。

我所在的县警也接到了通知。数据显示，本县共有两名买家：一个买了7.65毫米口径的瓦尔特PPK，另一个买了FN勃朗宁M1910。后者正是本案的凶器，连序列号都完全吻合。这个买家就是凶手，绝对错不了。这条线索振奋了搜查本部的所有人。

问题是，这两把枪的买家都办了"存局候领"。

存局候领是邮局提供的一种服务，收件人直接去邮局的窗口取件，而不是让邮递员送货上门。寄件人只须指定留存的邮局，再写明收件人姓名与住址，邮件就会被暂时保管在邮局。然后收件人再去邮局窗口凭证件取件。如果你不想让家人知道自己收到了邮件，或不方便在家收件，用这种服务就很方便了。

然而，"收件人自行去窗口取件"也造成了一个问题，那就是"收件人地址可以瞎编乱造"。更要命的是，只要提前准备好伪造的身份证件，连收件人的姓名都可以是假的。

瓦尔特PPK的买家叫"远山公司"，FN勃朗宁的买家叫"上川哲史"。果不其然，这两个人的地址都是假的，名字当然也真不了。他们去窗口取件时出示的证件恐怕也是伪造的。

瓦尔特PPK和FN勃朗宁的发货时间分别是两个月前和三个月前。警方赶往留存这两个包裹的邮局了解情况，无奈时隔太久，两家邮局的职员连自称"远山公司"和"上川哲史"的人来取过件这件事都不记得了，监控摄像头的录像数据也被覆盖了，无从得知买家究竟是何许人也。

我们这些一线警员都气得咬牙切齿。那个叫"上川哲史"的人购买的FN勃朗宁就是杀害布田的凶器，这一点绝对错不了。他就是我们要找的凶手——然而我们连他是谁都不知道。

❊

七月二日，星期日。这天早晨……

"哟，有空不？"

一个彪形大汉扯着破锣嗓子走进搜查本部——他正是组织犯罪对策课的真壁警部。

"有空才怪呢，这可是搜查本部啊。"

真壁的一番自问自答，招来在场警员的一致白眼。

"你来干吗啊？"

牧村警部一脸的不耐烦。

"不瞒你说，我搞到了很有价值的线索。"

"很有价值的线索？"

"我们组织犯罪对策课不是一直在调查白岚会嘛。最近有个四十多岁的黑帮成员偷偷联系我，说他想洗手不干了。他说什么警方的打击力度是一年比一年大，家里人、老朋友都绕着他走，连面都见不上，一点儿好处都捞不到，可真的离开黑帮吧，又不知道该干点啥才能养活自己，于是就来找我商量了。毕竟他在上高中的时候就被混社会的学长拽进黑道了，一混就是二十多年，对外面的世界一无所知啊。"

"真可怜啊。"

"他本来也不是混黑道的料，所以我决定把他介绍去一家跟我关系很好的公司。那家公司挺开明的，已经雇了好几个金盆洗手的黑帮成员了。为了谢我，他向我透露了好多白岚会的内情。但他毕竟是个混了二十多年都没爬上去的家伙，也说不出什么特别有价值的内情来。不过在他提供的情报里，有件事还挺值得琢磨的。"

"哦？"

"有一天，他碰巧听见自家的两个干部在说悄悄话。一个干部说：'给我们提供吗啡的那个平根，就不能让他多拿点货吗？'另一个干部说：'那好像有点困难。加得太猛，管理记录就不好做手脚了。'可惜他只听到了这两句。"

"吗啡？白岚会有吗啡的货源！"

"没错。吗啡是烈性麻醉剂，精制一下就是更猛的海洛因了啊。而且第二个干部提到了'管理记录'不是吗？会管理吗啡的地方，不外乎制药公司、药品批发商和医院。准确地说，是医用吗啡盐酸盐。我想起你们在办的那个案子的被害者就是制药公司的，觉得这事说不定和案子有关，于是就来报信啦。白岚会的干部明确说了'给我们提供吗啡的那个平根'，跟案子有关的人里有没有叫平根的啊？"

牧村警部和我们几个下属对视了几眼，大家都难掩兴奋的神色。

"有！是被害者的上司！"

"他在管理吗啡盐酸盐的部门吗？"

"嗯，他是生产管理课的。"

"那他的嫌疑很大啊。也许被害者就是因为发现上司在倒卖吗啡，所以才被灭了口。"

牧村警部将视线转向下乡巡查部长和我。

"在大村制药见到平根的就是你们俩吧？那正好，快去找他问话。"

"要是平根招了，记得通知我们组织犯罪对策课一声啊。有了这个由头，就能把白岚会的干部抓回来了。"

"白岚会的干部没认吗啡这茬儿啊？"

"是啊，一直跟我打太极。我手里只有小喽啰听来的几句话，也没法更进一步了。要是能拿到货源的供词，抓干部就不成问题了。拜托啦。"

绝对不在场证明　061

4

　　下乡巡查部长和我奉命前往舞黑市大木町的平根家。他住在一栋看起来很高级的分售公寓里。公寓共有十层，平根住在902号房。从这里开车去日湖市户田町的案发现场需要二十分钟左右。我们坐电梯上到九层，按下门铃。

　　"咦，二位是之前来过公司的警官吧？今天找我有什么事吗？"

　　平根的打扮跟上班时截然不同。今天的他穿着POLO衫配棉布裤子，显得十分随意。

　　"我们有些问题要问您，方便进屋谈吗？"

　　他将我们带往餐厅兼厨房的地方。他貌似还没成家，家里没有住着第二个人的迹象。屋里摆着各种看起来十分昂贵的家具与电器，收拾得干干净净，几乎能直接用作样板房了。

　　下乡巡查部长开口问道："能不能请您讲讲布田先生遇害那天您都做了些什么？"

　　平根皱起眉头。

　　"问我这些干什么啊？"

　　"我们打听到您把公司的吗啡偷偷卖给了黑社会组织白岚会，要是这件事被布田先生知道了，您肯定会非常头疼的吧？"

　　平根顿时拉下了脸。

　　"我在倒卖吗啡？开什么玩笑，谁说的啊？"

"这个不太方便透露。"

"不管是谁说的,警察都不该听信这种不负责任的谣言。我才没有倒卖公司的东西呢。你们去查查公司的库存记录就知道了。"

"您是生产管理课的课长,真想篡改记录的话,还是有办法的吧。"

"天哪,堂堂警察居然因为几句没凭没据的话就上门找碴儿!我说我没做过这种事,让你们去查记录,你们又说记录肯定被我篡改过,这不是欲加之罪,何患无辞吗?"

"您会生气也是人之常情,只要您告诉我们案发当天您都做了些什么,我们立刻就走。"

平根叹了口气。

"好吧。我说还不行吗?是几日来着?"

"六月十七日,星期六。"

"稍等,我得去翻翻日程本……"

平根去隔壁房间拿来日程本,翻开一看便喃喃道:"是跟表亲们聚餐那天啊……"

然后他告诉我们:

"因为那天是星期六,我应该是八点多起来的,比平时晚一点。吃过早饭以后就在家里打扫打扫卫生、洗洗衣服什么的。"

"不好意思,请问您家一共有几口人?"

"如您所见,这儿就我一个人住,所以没人能给我做证。"

"打扫完卫生以后呢？"

"我开车出门了，因为中午要跟亲戚聚餐。在西急百货店的中餐馆，叫'北京仙馆'。我加上表兄弟，总共是六个人。"

西急百货店在日湖站跟前，开车去案发现场十分钟左右。

"跟亲戚聚餐啊，关系真好。"

"基本半年一聚吧。"

"聚餐的时候都聊些什么啊？"

"随便聊聊吧，汇报一下自己跟家人的近况啦，工作上的事情啦，童年的回忆啦……"

"那你们聚到了几点啊？"

"下午三点。从正午到下午两点在'北京仙馆'，然后去了同一层的'charade[1]'咖啡厅聊到三点。"

"然后呢？"

"然后去了日湖站附近的电影院，看了一部叫'Two of Us'的片子。要我讲讲剧情吗？"

"不，不用了。"

反正他完全可以提前找一天把电影看了。

"电影是几点散场的呢？"

"五点多，之后我就直接回家了。"说到这儿，平根推了推眼镜问道，"话说布田是什么时候遇害的啊？"

---

[1] 英文单词，意为"哑谜"。

"下午两点到三点之间。"

"哦,我刚才也说了,那时我正跟亲戚们在咖啡厅聊天呢。"

平根用满怀自信的态度回答。

5

我们问了表亲们的姓名与住址,然后回到搜查本部汇报情况。大伙儿立刻分头去找那五个表亲。

结果那五个人都做证说,那天正午到下午三点,平根的确跟他们在一起。当然,平根中途是去过洗手间的,但也就两三分钟的事。表亲们看着都是老实的正经人,实在不像是在做伪证的样子。

莫非平根不是真凶?然而随着调查的推进,我们发现平根过着相当豪奢的生活。他开着高档进口车,频繁出入赛马场、自行车赛场之类的场所,在东京银座的酒吧挥金如土。作为一家中等规模的制药公司的课长,他的收入应该还是不错的,而且他还没成家,能自由支配的钱肯定也比较多,可闲钱再多,这个花法也太反常了。奢靡的背后,极有可能是通过倒卖吗啡给白岚会得来的不义之财。而且要是布田知晓了这个秘密,平根就有了充分的行凶动机。布田的为人有口皆碑,除了平根,警方再也找不到第二个可能有动机的人了。

于是搜查本部推测平根伪造了不在场证明,决定开会讨论一番。

"也许布田的死亡时间比我们预想的更早。"

我在会上发表了自己的看法。

"更早？此话怎讲？"牧村警部问道。

"平根是正午见到表亲们的，他说自己上午一直在家里打扫卫生、洗衣服。莫非他是上午去布田家行凶的，然后用某种方法把法医推测的死亡时间往后挪了？"

"怎么个挪法？"

"比如降低尸体的温度，延缓尸体现象的发展速度？"

"怎么降温呢？"

"利用空调的冷风。案发现场的房间是装了空调的。"

"要想把法医推测的死亡时间从'上午'后移到'下午两点以后'，光靠空调的冷风肯定不够吧。"

"那冰箱呢？把尸体塞进冰箱冰冻怎么样？冰箱的制冷效果肯定比空调好得多。"

"布田家里只有单人用的小冰箱，根本装不下他啊。"

这倒是，警部的意见非常中肯。

"平根大概不是真凶吧……"一位警官说道。

牧村警部却摇头道：

"不，我认为真凶就是平根，这是不会有错的。新来的说得没错，他是用某种方法把法医推测的死亡时间往后挪了。阿下，新来的，你俩再去会会平根。"

※

下乡巡查部长与我再次赶往平根家。那天是周六，所以平根不用上班。我们提前跟他打了招呼，表示想找他再确认一些事情。

"新来的，你还挺卖力的嘛。"在前往公寓的途中，下乡巡查部长对握着警车方向盘的我说道，"四月刚破了凶手的不在场证明，这一回又发表了决定调查方针的推论。"

"呃，您过奖了……"

这话听得我心里直冒冷汗。毕竟四月的那个不在场证明并不是我推翻的，能破案多亏了"美谷钟表店"的店主。可我又不能让大家知道我擅自泄露了搜查机密，只能怀着愧疚，在会上装出一切都是我想出来的样子。

"以后啊，你要是想到了什么好点子，就尽管说出来。"

"……好的。"

这种感觉就像是考试作弊拿了好成绩还被老师表扬了一样。

我们把车停在公寓跟前，坐电梯上到九层，按下902号房的门铃。平根很快就应门了。

"二位还有什么要确认啊？"

平根把我们带到餐厅兼厨房，略有些不耐烦地问道。

"请问案发当天上午您都做了些什么呢？"下乡巡查部长说道。

"上午？"

平根脸上仿佛有一抹慌张闪过。我心想：有戏！

"您问那天上午的事情做什么？布田不是下午两点到三点遇害的吗？"

"我们发现案发时间可能不是那个时间段。"

"不是那个时间段？"

"我的意思是，布田先生可能是当天上午遇害的。"

"等等，'遇害时间在下午两点到三点之间'不是司法解剖得出的结论吗？如果他是上午遇害的，那'两点到三点'这个结论又是怎么来的呢？"

下乡巡查部长没有作答。

"再说了，警方怎么会往'案发时间在上午'这个方向想啊？"

下乡巡查部长还是没吭声。"要认定你是凶手，就只能把行凶时间往上午靠了。"——他总不能这么回答吧。

不可思议的是，此时此刻平根脸上已全无忧色。难道是我的眼睛产生了错觉吗？

"我之前也说了，当天上午我一直在家里打扫卫生、洗衣服什么的……"

"有人能为您做证吗？"

"我一个单身汉，哪儿来的证人啊。"

"隔壁邻居有没有可能听到您打扫卫生、洗衣服的动静呢？"

"这可不是廉价的破公寓，怎么可能听得到隔壁的动静啊。邻居是没法给我提供不在场证明的。就算我真的跑去杀了布田，他们也不知道啊。"

平根带着天不怕地不怕的笑容说道。

下乡巡查部长和我对他道了谢，告辞离去。下乡巡查部长的表情依然淡定，但他心里貌似跟我一样焦躁。

我们决定找平根的左右邻居打听打听。这是为了确认他们有没有目击到平根在案发当天上午出门。

可惜901号房和903号房的居民都没有看到。

也许平根在那天上午出门杀害了布田，但我们没有确凿的证据。再者，假设布田真是上午遇害的，那平根又是如何将法医推测的死亡时间挪到下午两点到三点之间的呢？不查明这个方法，我们就动不了平根一根汗毛。

"我问起案发当天上午的时候，平根的表情有一丝丝慌张，你看出来没有？"

我回答："看出来了！"下乡巡查部长果然也察觉到了。也是，连我都瞧出来了，前辈能发觉真是再正常不过了。

"可是他很快就不慌了，也不知是怎么了。你有头绪吗？"

"没有，我也不知道是怎么回事。"

"我总觉得解开谜题的关键就藏在这里头……"下乡巡查部

绝对不在场证明　069

长喃喃道。

后来，搜查本部又针对"后移法医推测的死亡时间"的方法展开了探讨，却是徒劳无功。我们还咨询了负责司法解剖的法医学家，问"死亡时间有没有可能是上午"。对方勃然大怒，表示"这绝对不可能"。

平根的确有杀害布田的动机。无奈他有铜墙铁壁般的不在场证明护体，警方奈何不了他。侦查工作深陷胶着，搜查本部的士气也是一天低过一天。

面对如此严峻的事态，我又能做些什么呢？就在这时，我忽然想起了"美谷钟表店"的店主——美谷时乃。

她的确以精彩的推理破解过凶手的不在场证明，但那回兴许是碰巧。况且我毕竟是在职的刑警，照理说是不能把关于案件的机密信息透露给无关人等的——可我又觉得，自己必须想办法打破僵局。经过激烈的思想斗争，我终于还是来了。

"……平根肯定是当天上午杀害了布田，然后把法医推测的死亡时间往后挪了。可我想来想去，就是想不明白他是怎么挪的。"

听完我的叙述，时乃抚着茶杯思索片刻，随后用极其轻描淡写的口吻说道：

"时针归位——平根先生的不在场证明已经土崩瓦解了。"

她的语气是如此随意，仿佛她此刻说的是"好香的茶呀"。

6

我惊得瞠目结舌,望向钟表店主。柜台后的她笑脸盈盈。困扰了搜查本部好几个星期的难题,居然已经被她破解了吗?

"能讲给我听听吗?"我忙道。

她的推论也不一定对,出错的可能性反而更大,但还是姑且听她讲讲吧,当作参考也是好的。

时乃为我新沏了一杯茶。

"平根先生在案发下午两点到三点与表亲们在咖啡厅聊天,有牢不可摧的不在场证明。所以他如果是真凶的话,就意味着他是在其他时间段杀害了布田先生,然后把死亡时间伪装成了下午两点到三点——您是这么考虑的,所以您认为真正的行凶时间是当天上午,因为平根先生表示自己当时在家打扫卫生、洗衣服,没有明确的不在场证明。他是用某种方法把法医推测的死亡时间往后挪了,对吧?"

"对,可我就是想不明白他是怎么挪的。"

"布田先生死于下午两点到四点是司法解剖的结果。要想把这个时间从上午挪到下午,必然要用到足以瞒过司法解剖的诡计。但正如搜查本部所讨论的那样,既然空调和冰箱都指望不上,凶手怕是很难施展这类伎俩。其实仔细琢磨一下,就会发现除了'上午',平根先生还有一个'没有明确不在场证明的时间段'。"

"那是什么时候?"

"下午三点以后。平根先生说他在三点跟表亲们分开,去了日湖站跟前的电影院,但他是单独行动的,不在场证明并不确凿。司法解剖的结果显示,布田先生死于下午两点到四点之间。假定他死于上午,就会与解剖结果产生矛盾,解释起来也牵强,但要是假定他死于下午三点到四点,就不会跟解剖结果起冲突了。"

"可是邮递员在下午三点开邮筒的时候发现了作案用的手枪啊,平根是不可能在三点以后行凶的。"

时乃嫣然一笑。

"如果平根先生没有用那把手枪杀害布田先生呢?"

我不禁愕然。

"没用那把枪?不可能啊!无论是被害者右大腿里的子弹,还是造成致命伤的子弹,都是用那把手枪发射的啊,都比对过膛线了,不会有错的。"

她到底知不知道膛线就跟枪械的指纹一样啊。

"真是这样吗?我们先从夺走布田先生性命的那发子弹说起吧。布田先生的致命伤是口腔内的贯通伤。既然是贯通伤,那么子弹肯定没有留在体内。所以从严格意义上讲,我们并不知道伤口是由哪发子弹造成的。"

"啊?"我瞠目结舌,"可那把手枪发射的子弹就嵌在被害者头部正下方的地板里啊。它肯定是贯穿口腔的那发子弹啊!"

"嵌入地板的子弹可能是提前打进去的。杀害布田先生的子弹可能出自另一把手枪。"

"这个可能性也不是没有……但是在被害者的右大腿造成盲管伤的子弹的的确确是邮筒里的手枪发射的啊，不是从其他手枪射出来的。"

"嗯。"

"这不就说明凶手用的肯定是那把枪吗？"

"这话没错，但'子弹射入右大腿'和'布田先生遇害'这两件事不一定是同时发生的。前者也许发生得更早。"

"……更早？"

"射入右侧大腿的子弹并不是致命伤，所以发射它的时间完全有可能比布田先生遇害的时间早得多。可以是下午三点邮递员打开邮筒之前，也可以是平根先生在正午时分见到表亲们之前。"

"……可大腿中弹多痛啊！这样的疼痛持续好几个小时，被害者肯定会大喊大叫、拼命挣扎的，照理说案发现场应该会留下这种痕迹的啊。"

"要是布田先生被人注射了吗啡呢？"

"……吗啡？"

"根据白岚会干部的对话，搜查本部怀疑平根先生在倒卖公司的医用吗啡对吧？也许他用的就是从公司偷拿的吗啡。"

"啊……"

"做司法解剖的时候，是不是没有查过布田先生体内有没有吗啡呀？"

"……对。如果死因不明的话，会通过验血查明血液中有没有药物成分，但这次的死因非常明确，所以应该没验血。于是警方就不知道被害者体内有没有吗啡了。"

换言之，布田有可能被人注射了吗啡。说不定，时乃真的猜对了。我连忙端正坐姿。

"那就让我们从头梳理一下这起案件吧。案发当天上午，平根先生拜访了布田先生——他说自己一上午都在家里打扫卫生、洗衣服，这应该是假的，您也识破了他的谎言。

"平根先生先趁其不备，在音响室用钝器击打布田先生的后脑，然后注射吗啡，让他陷入昏睡，再用邮筒里找到的手枪在他的右大腿上制造了盲管伤。也许他注射吗啡的位置就在右大腿上，伤口还能起到掩盖针眼的作用。

"吗啡有镇痛和镇静作用，所以布田先生虽然中了枪，却一直没有醒来。为了防止地上沾到血迹，平根先生有可能在布田先生身体底下垫了塑料膜之类的东西。

"接着，平根先生掀起没有被沙发压住的那部分地垫，提前将一发子弹射入地板，装作'致命的子弹'。

"完成这一系列伪装工作后，平根先生暂时离开现场，将手枪丢进附近的邮筒。我也不确定这件事发生的准确时间，不过肯定是上午十点邮递员第一次来取件之后。方便起见，接下来我们就叫它

'一号手枪'吧。

"之后平根先生见到了表亲们,为自己制造了从中午到下午三点的不在场证明。而在下午三点的第二次取件时,邮递员发现了邮筒中的一号手枪。

"到了下午三点多,平根先生挥别表亲们,再次回到布田家。'去电影院看电影'当然是彻头彻尾的谎言。当时,他身上带着和一号手枪口径相同的二号手枪。在吗啡的作用下,布田先生依然昏睡不醒。

"他已经在上午掀起了没被沙发压住的地垫,提前把子弹射进了地板。此时,他又在那颗子弹的上方垫了一个能接住子弹的东西——比如装满沙子的袋子,然后把地垫盖好。于是地垫就盖在了沙袋上。

"之后,他让布田先生躺在地上,头部摆在沙袋的正上方,再把二号手枪插进他的嘴里,射穿口腔,将其杀害。子弹打穿了地垫,却被下面的沙袋接住了,所以不会伤到地板。顺便一提,子弹会在布田先生的后脑勺形成巨大的射出口,掩盖钝器击打的痕迹。

"接着,他将布田先生的遗体调整成侧卧的姿势,取回头部正下方的沙袋。地垫上多了一个子弹贯穿后形成的洞,周围黏附着布田先生的血液与脑浆。下一步就是保持尸体压着地垫的状态,同时拉扯地垫进行微调,使上面的洞口和子弹嵌入地板时形成的洞刚好重叠。此时如果沙发还压着地垫，那就太重了，拉不动，所以他应该会先把沙发挪开，调整好地垫的位置之后再搬回去。

"平根先生没有把遗体复位。他只能对齐地垫上的洞和地板上的洞，却不能将布田先生的贯通伤完全对准这两个洞，因为布田先生的头会把洞口挡住。所以他就让布田先生的遗体保持侧卧，装出'凶手踹翻了遗体'的样子，试图掩饰尸体的贯穿伤与洞口位置的细微错位。

"嵌入地板的子弹的确出自一号手枪，但布田先生口中的枪伤是贯穿伤，无法确定造成伤口的是哪把枪的子弹。于是警方就会误以为口腔中的枪伤是一号手枪造成的。

"嵌入地板的子弹实际上并没有贯穿口腔，所以它表面原本是没有血液和脑浆的。但附着在地毯洞口周围的血液和脑浆会流进地板的洞口，接触到子弹。所以也不用担心鉴证课事后调查时发现子弹干干净净，产生怀疑。

"右大腿的盲管伤也起到了强化错觉，让人误以为'口中的枪伤源自一号手枪'的作用。一号手枪发射的子弹还留在布田先生体内，而且它与口腔中的枪伤仿佛是一前一后发生的。谁也不会想到两处伤口产生的时间隔了好几个小时。再加上遗体是第二天早上十点才被发现的，距离凶手行凶已有十八小时以上，从两处伤口流出的血的凝固状态看起来几乎一样，叫人察觉不到那几小时的间隔。于是大家便越发认定，口腔中的枪伤也是一号手枪造成的。

"而一号手枪是邮递员三点去开户田町的邮筒时发现的，不可能在那个时间点之后用于行凶。警方因此认定凶案发生在三点以前。平根先生的不在场证明就这样成立了。"

原来是这样啊！原来在邮递员发现手枪的时候，被害者还没有遇害。平根让警方误以为"行凶事件在手枪被发现之前"，为自己制造了不在场证明。我以为平根把行凶时间暨法医推测的死亡时间往后挪了，殊不知他是往前挪了。

"话说回来，第二次去平根家的时候，一听到我们问起案发当天上午，他的脸上好像有几丝慌张的神色。可是当我们继续往下问的时候，他脸上的慌张就不见了。我当时还纳闷呢，现在总算明白了。听我们问起案发当天上午，他还以为警方查到了他当天上午去过布田家，往布田的右大腿和地上发射了子弹，做了准备工作。可听着听着，他发现警方是怀疑自己在上午杀害了布田，然后把法医推测的死亡时间往后挪了。他哪有那么大的本事啊。所以只要警方还认定平根是在上午行凶的，他就是安全的。之所以不再慌张，就是因为他意识到警方怀疑错了方向啊。"

"没错，"时乃微笑道，"我觉得这起案件应该经过了精心的策划。比如，平根先生之所以把第一发子弹打在右大腿，恐怕是因为大腿的肉比较厚实，骨头也粗，所以子弹不会贯穿人体，只会形成盲管伤，而且不会造成致命伤。

"利用邮筒这一点也很巧妙。警方认为手枪被丢进邮筒的时间必然是两点到三点之间。前者是法医推测的死亡时间的上限，后者则是邮递员开筒取件的时间。但这件事其实发生在上午十点到正午之间。邮筒的特征在于它绝对会在某个特定的时刻被打开，而且在那个时刻到来之前又是绝对不会被打开的。在本案中，用它来伪造不在场证明是最合适不过的了。

"平根先生还利用了白岚会与小八木组的冲突，把'手枪被投入邮筒'这件事伪装得尽可能自然。您刚才说县警在案发前一天接到了匿名报案，恐怕报案人正是平根先生。他想通过报案，让组员与组织犯罪对策课的警官们守在白岚会总部办公室周围，造成'凶手在行凶后逃离现场，却在半路见到大量警员，一时惊慌，便将手枪丢入邮筒'的假象。"

原来那通报案也是平根干的好事吗？

"不仅如此，平根先生在购买杀害布田先生的二号手枪时也费了一番心思。"

"怎么说？"

"您刚才说，本县共有两人从警视厅逮捕的枪贩那里购买了手枪：一个买了7.65毫米口径的瓦尔特PPK，另一个买了FN勃朗宁M1910。FN勃朗宁M1910当然是平根先生买的，而7.65毫米口径的瓦尔特PPK应该也是他买的。"

"你是说，杀害布田的二号手枪就是瓦尔特PPK？"

"没错。两把枪都是7.65毫米口径的对吧？我觉得平根先生肯定连'贩子被捕，警方得知本县有人购买手枪'的事态都考虑到了。要是警方得知有人买了两把FN勃朗宁，不在场证明被识破的风险就会上升。为了防止这种情况，他特意买了瓦尔特PPK当二号手枪，而且制造了两把枪的买家不一样的假象。"

这家伙真是一肚子坏水。不过他的不在场证明已经被彻底粉碎了。只要他招认倒卖吗啡的事情，警方还能逮捕白岚会的干部。

我怀着万千感叹，凝望柜台后面的时乃。她身材娇小，肤色白皙，让人不由得联想到小白兔……这样的她，竟能为逮捕杀人犯与黑帮干部出一份力……

第 3 话

钟表店侦探与死者的不在场证明

1

今天的时乃正在店里仔仔细细地给一排排钟表掸灰。

"哎呀,欢迎光临!"一见到我,她便停手微笑,"今天有什么能帮到您的吗?"

"我倒是想说……我是来换电池的,可惜这一次还是想请你推翻凶杀案的不在场证明。"

我怀着万分羞愧如此说道。实不相瞒,这已经是我第三次上门委托了。亏我还是搜查一课的刑警呢,太丢人了。然而为了顾全大局,我不得不牺牲自己的面子。

"推翻不在场证明是吗?多谢惠顾!"

时乃鞠躬道谢,彬彬有礼。

"其实案子已经结了,因为凶手都招认了。他明确说了自己是凶手,也说了他杀的是谁,在哪儿杀的……"

时乃露出疑惑的神色。

"那他应该也说了不在场证明是怎么伪造的吧?为什么您还要来找我呢?"

"可惜他没把制造不在场证明的方法说出来。他出了车祸,伤得很重,生命垂危,我当时碰巧在场,他就向我坦白了罪行。可是他还没坦白一切,人就撑不住了……"

2

八月上旬,一个闷热的夜晚。

吃过晚饭后,我出门散步去了。这一趟走得还挺远,来到了之前从未去过的住宅区深处。

突然,汽车行驶的响声从身后传来。回头望去,只见一辆轿车打着刺眼的前灯,径直冲向我这边。

我赶忙跳到路边。轿车差点碰到我,继续往前开。定睛一看,有个男人正走在前面。我大喊一声:"当心!"可他好像没听到。

说时迟那时快,轿车撞到了他。他的身子飞到半空,随即狠狠砸在地上。轿车一头撞上民宅的围墙,停下了。出于职业习惯,我立刻抬手看表——当时是八点整。

我冲向被车撞到的伤者。他痛苦地呻吟着,头部鲜血直流。我掏出手机,拨打119叫救护车[1]。不远处的电线杆上有地址标志,上面写着"西森町一丁目",于是我就把这条信息报给了接线员。

---

[1] 在日本,消防车与救护车的电话都是119。

随后，我走向轿车，发现车上的安全气囊打开了，驾车的男子整个人都陷在里面。我心想，既然有安全气囊，那他应该没有性命之忧，所以就回到了伤者身边。

"别担心，救护车马上就到！"

"……我刚……杀了人……"

谁知他一张口就是这句话，让我吃了一惊。

"我刚才杀了人……所以才会被车撞……这都是报应啊……"

"你杀了谁？"

"香澄……中岛香澄……"

"中岛香澄？她住在哪里？"

他闭上双眼，面容因痛苦而扭曲。

"你在哪里杀的人？"

"手城町的薮公寓，503号房……"

身为警察，本县的町名我基本是心中有数的。手城町应该在那野市西部。

虽然我无法立刻相信他的坦白，可他刚被车撞，受了重伤，我实在不觉得人会在这种状态下撒谎。所以我又打了110，对县警本部通信指令室主管报上姓名，说自己是搜查一课的刑警，那野市手城町的薮公寓极有可能发生了凶杀案，而且嫌疑人就在我面前，请离公寓最近的警亭派人前去查看情况。通信指令室表示，他们这就安排人手过去，让我守着嫌疑人，还会让交通课的警员迅速赶来。

挂了电话以后，我问眼前的男子："你叫什么名字？"然而他只是闭着眼睛，痛苦地喘息。我能清楚地感觉到，他的气息变得越来越微弱了。

救护车的警笛从远处传来。两辆白色的车随后现身，停在我的眼前。其中一辆救护车的急救队员们跳下车后迅速检查了伤者的身体，给出血的部位做了应急处理，然后就把他抬上担架，送上了车。另一辆车的队员开始解救埋在气囊中的肇事司机。

我连忙抓住一位急救队员，告诉他伤者刚向我坦白了杀人的罪行，而我是县警本部搜查一课的刑警，希望跟着他们一起去医院。队员不情愿地同意了。

救护车朝医院驶去。心电监护仪上显示出微弱的波动。连我这个外行人都能看出，男子的状态十分危急。

我重新打量了他——奔四的年纪，瘦弱的体格，看起来手无缚鸡之力，长得倒是挺英俊。他留着长发，有一张长长的脸。左侧脸颊上有三道划伤。伤口还渗着血，看着很新。如果刚才的坦白属实，那他脸上的伤说不定就是被害者抓的。

他穿着白色T恤衫，下身是蓝色的牛仔裤。左腕戴着液晶手表。我想看看他身上有没有带能证明身份的东西，就跟急救队员打了招呼，摸了摸他的裤子口袋，可口袋里什么都没有。

就在这时，我的手机响了，是县警本部的通信指令室打来的。

"警亭派出的警员称，手城町的薮公寓503号房有一具女性遗体，疑为他杀。门口挂着'中岛'字样的名牌。"

"哦……"

看来，他所说的一切都是真的。

通信指令室说道："请告知你那边的情况。"

"救护车正将嫌疑人送往医院，但他的伤势相当严重。我也在车上。"

"收到。请不要走开。有没有查明他的身份？"

"还没有，他身上没有任何能证明身份的东西。另外，能否请您转告现场的警官，让他们仔细检查一下被害者的指尖，看看指甲缝里有没有皮屑。因为嫌疑人左侧脸颊有被划伤的痕迹，伤口还在渗血，应该还很新。"

通信指令室回答，收到，立刻让现场警员确认。

一分钟后，对面回复我说，被害者右手的指甲缝里的确有形似皮屑的东西。这下，他的坦白就有了旁证。

远方的那野市立医院映入眼帘。可就在这时，心电监护仪显示的线条突然变平了。急救队员迅速拿起AED设备对男子实施心肺复苏。

然而，他的心脏再也没有重新跳动起来。

3

　　救护车抵达那野市立医院的时候，男子已经没有了呼吸。医生正式宣布了他的死亡。遗体被直接送往太平间。

　　就在我思考接下来该怎么办的时候，手机又响了。电话是我的上司，搜查一课第二强行犯搜查四组的组长牧村警部打来的。

　　"哟，新来的，听说你找到凶手啦？看来新人出去走走也会撞大运嘛，"说着，警部自个儿笑了起来，"这起案件交给我们组了。阿下这就过去接你，你就在医院等着吧。"

　　十多分钟后，一辆警车停在医院门口。下乡巡查部长与鉴证人员走下了车。

　　"不好意思，麻烦您特地过来接我……"

　　我很是惶恐地说道。下乡巡查部长的口气倒是轻描淡写。

　　"我啊，想在去现场之前先看看凶手长啥样，接你是顺便。"

　　"也是……"

　　我向他详细描述了事故的情况和男子的供词。然后我们便在医院职员的带领下来到了太平间。

　　刚才还能断断续续说出几句话的人，如今已成无言的尸骸。鉴证人员用相机拍下了他左侧脸颊的划伤，随后掏了掏他的牛仔裤口袋。可我已经在救护车上找过了，口袋里没有任何能表明身份的东西。

　　"他到底是谁啊……"

巡查部长喃喃道。就在这时，医院职员畏畏缩缩地说：

"他会不会是……推理作家奥山新一郎啊？"

"奥山新一郎？我好像没听过这个名字啊。"

"他算不上很有名……但我是推理迷，所以看过几本他写的书。我总觉得这个人和印在封底的作者照片很像……"

我掏出手机，输入关键词"奥山新一郎"搜索图片。网站立刻显示出好几张大头照，每张照片里都有个三十多岁的男人。那不是眼前的死者还能是谁？我连忙把手机拿给巡查部长和鉴证人员看。

"绝对没错，就是他！"

巡查部长点点头，对医院职员道谢。职员也知道自己不该对死者不敬，却是一副难掩兴奋的样子。

我们坐进警车，赶往案发现场。负责开车的当然是我这个小喽啰。一路上，鉴证人员用自己的手机搜了些关于奥山新一郎的信息，念给我们听。

维基百科上说，奥山新一郎今年三十七岁，他是用本名出道的。大学毕业后，他在证券公司工作了八年多。七年前，他在坐车时遭遇车祸，身负重伤。在生死边缘徘徊了整整一个月后，他才奇迹般地转危为安。这件事让他痛感"人有旦夕祸福"，于是他毅然辞职，追寻儿时的梦想——成为推理作家。他携作品《时钟的不在场证明》参加大型出版社"亲读社"的悬疑大赛，有幸荣获大奖，成功出道。之后，他一直以每年两本左右的速度稳定地推出作品。

推理小说也能分成很多种类型，而奥山的作品以"解谜"为主，"推翻不在场证明"更是他最擅长的主题。

他总共出版了十二本长篇小说和一本短篇集。每部作品的凶手都有牢不可摧的不在场证明。证明当然是伪造的，但警方无论如何都无法推翻。当警方一筹莫展的时候，松尾警部便会被委以重任。他每次都会深入分析案情，以细微的矛盾为突破口，粉碎凶手的不在场证明。

❋

薮公寓是一栋半新不旧的房子，总共五层高。旁边有专用的停车场，可以停六七辆车。

公寓前的马路上停着好几辆警车。街坊邻居们纷纷走出家门，带着忧虑的神色静观事态的发展。

下乡巡查部长、鉴证人员与我和守在门口的制服警官打了招呼，走进公寓的门厅。这栋楼没有门禁系统。我望向信箱，只见503号房的信箱上的确写着"中岛"二字。

公寓楼没有电梯，所以我们爬楼梯上到五楼。一路上遇见了好几位在楼梯的上行口，战战兢兢地仰望五楼的居民。走到五楼一看，503号房的大门朝外开着，警员们进进出出。走廊是开放式的。

牧村警部见我们来了便说："哦，辛苦了。新来的，你这回立功了啊。阿下，查到那人的身份没有？"

"查到了，是个叫奥山新一郎的推理作家。"

"推理作家啊……他跟被害者是什么关系啊……"

去看看死者吧——我们遵从警部的指示，走进503号房。走上玄关口的台阶，前方是一条短短的走廊，右边有浴室和厕所，走廊尽头是餐厅兼厨房。再往里走好像还有一个房间。

三十多岁的女性死者仰面倒在餐厅兼厨房的地上。她长得眉清目秀，生前应该算得上"美女"，只是如今颜面肿胀发绀——这是扼颈的特征。验尸官蹲在地上检查遗体，鉴证人员在四周采集指纹，拍摄现场照片。跟我们一起去医院的那位鉴证人员向同事们展示相机里的照片，开始讲解情况。

餐桌上放着一个手提包。看来是被害者正准备出门的时候，凶手找上门来，实施了犯罪。

大致查看过现场后，下乡巡查部长和我便回到了走廊。因为在案发现场，勘验工作享有最高的优先级。

就在这时，接到消息的房东气喘吁吁地赶到了。他叫矶田幸三，六十多岁的样子。他说自己平时住在骑自行车过来要十多分钟的地方。听说房客遇害，他显得格外茫然，不知所措，提心吊胆地望向503号房间。

"中岛香澄女士是个什么样的人啊？"

"就是个踏踏实实的正经人啊。她是八年前入住的，租了503

号房间和停车场。这么多年了，从来没有拖欠过房租。每次见到我都会打招呼的。"

"她认识一个叫奥山新一郎的人，不知道您有没有印象？"

"奥山新一郎？没有啊。"

"那您了不了解她平时都跟哪些人来往？"

"不了解啊，我跟她就是房东跟租客的关系，人家的私生活，我也不好过问呀……"

"那您有没有见过什么人进出她家？"

"这么说起来……我倒是见过一个三十多岁的男人进她的屋子……"

奥山新一郎也是三十多岁，也许房东看到的就是他。

片刻后，验尸官完成了初步检查，前来汇报结果。中岛香澄果然是被掐死的，颈部有多处扼痕。所谓扼痕，是凶手的手指造成的皮下出血或指甲造成的半月形、月牙形抓痕。有多处扼痕，就说明凶手曾多次扼压被害者的颈部。肯定是因为被害者激烈反抗了。

据说中岛香澄的死亡时间不足一小时。我抬腕看表——现在是晚上八点半。也就是说，她是七点半以后遇害的。而坦白自己犯下了杀人罪的奥山新一郎是八点整遭遇车祸去世的，这就意味着案发时间在七点半到八点之间。

被害者的右手食指、中指与无名指的指甲缝里有些许带血的皮屑。皮屑是不是奥山新一郎的，得做过DNA鉴定才能确认，但十有八九就是他的了。

　　掌握上述信息后，我们几个警员开始分头找公寓居民了解情况，问大家今晚有没有见到可疑人物，却空手而归。我们还去了案发现场两侧的502号房间和504号房间，以及正下方的403号房间，询问居民有没有听到可疑的声响，可惜也没有任何有价值的收获。

　　中岛香澄还租了公寓旁边的停车场，于是我们去查了查她停在那儿的轻型车。车钥匙就装在餐桌上的手提包里。我们用车钥匙打开车门，进去看了看。无奈这辆车也没给我们带来任何线索。

✾

　　由于本案的凶手已经基本锁定了，我们唯一要做的就是搜集证据，证明奥山新一郎的供述。因此警方没有设立搜查本部，也没有调用片区警员，由搜查一课第二强行犯搜查四组单独负责本案的侦查。

　　从第二天早上九点开始，四组前往奥山新一郎家进行调查。

　　奥山家是独门独院的房子，位于西森町一丁目的住宅区，离车祸现场一百多米远，他家看起来有二三十年的房龄了，所以他不是买了二手房，就是从父母那里继承了老房子。房子一共两层，有足够停两辆车的车位。车位上停了一辆国产车，大概是奥山的。

　　一楼是餐厅、厨房兼起居室，榻榻米房间，盥洗室，浴室和厕所，二楼是书房、卧室和客房。不愧是作家住的地方，书房里摆着好几个书架，上面塞满了书。推理小说比较多，但法医学、社会学、心理学方面的书籍也不少。不过奥山貌似对音乐没什么兴趣，家里完全找不到音响、CD机之类的东西，也没有一张CD。

奥山出车祸的时候没有带钱包、手机和驾照，所以我们在家里找了找，最后在餐厅、厨房兼起居室的抽屉里找到了。他用的是智能手机。

当务之急是查明奥山与中岛香澄的关系。我们用带解锁功能的最新侦查工具提取了手机内的数据。奥山从未用这部手机打过电话，大概是他不喜欢讲电话吧。不过他跟被害者倒是经常互发短信。

他们原本是男女朋友，但是这三个月里，两人的关系貌似出现了裂痕——奥山好像移情别恋了，喜欢上了一个叫"美奈"的女人。奥山经常同一个女人发短信，这个女人十有八九就是春日井美奈。

看过奥山与春日井美奈的短信记录，你就会发现奥山的态度比较积极，而春日井美奈对他貌似没有那么上心。她到底是谁呢？话说回来，有个女性学者出过面向大众的心理学读本，上了畅销榜，那人的名字也叫"春日井美奈"。会不会是她呢？考虑到奥山是个作家，这个可能性还是很大的。可单凭这些就直接上门找春日井美奈，未免有些草率。就算她真的在跟奥山交往，也有可能在警方问话时矢口否认。所以在找她之前，我们还需要搜集更多的情报。

奥山的书是由亲读社出版的，所以我们决定去找他的责编聊一聊。亲读社位于东京的骏河台。就这样，我跟下乡巡查部长跑了一趟东京。

奥山的责编名叫远野良夫，四十多岁的样子，浑身上下散发着知性与友善的气场。然而自己负责的作家犯下杀人罪的消息让他大受打击。

"您知道奥山先生跟中岛香澄女士是什么关系吗？"下乡巡查部长问道。

"知道，她好像是奥山先生的女朋友。奥山先生出道之前是在证券公司工作的，中岛女士比他晚进公司几年。我听说他们是两年前重逢的，然后就开始交往了。"

"那他们之间有没有闹过什么矛盾呢？"

远野歪着头沉吟道："不知道啊……"然而，他的目光显然有些游移不定。

"如果您知道什么内情，还请一定告诉我们。"

"我跟奥山先生只有工作关系，所以对他的私生活……"

"他是不是跟心理学家春日井美奈女士走得很近？"

远野缴械投降，点了点头。

"原来警方已经查到了啊……是这样的，最开始是春日井老师看了奥山先生的作品，特别感动。我之前负责过她的新书，她听说我是奥山先生的责编，就让我介绍他们认识……于是我就牵了个线。"

"然后他们就开始交往了是吧？"

"嗯，好像是的。"

我只见过登在报纸广告栏里的大头照，知道春日井美奈是个四十五六岁的美女。如果奥山真的移情别恋，喜欢上了才貌双全的学者，而被害者咽不下这口气……奥山就有了行凶的动机。

"奥山先生是个什么样的人啊？"

"他平时沉默寡言……跟我碰头谈公务的时候，都是我先说，然后他要仔仔细细斟酌很久才会回一句。另外就是……他好像不太喜欢跟人打交道。作家的聚会是一次都没参加过，我想请他担任我们出版社主办的悬疑大赛的评委，他也推掉了。我听说演讲会什么的他也是一概不去的。"

"不擅长社交的作家应该还挺多的吧？"

"那倒不一定，挺外向的作家也有不少呢。"

"奥山先生的脾气是不是比较暴躁啊？"

犹豫片刻后，远野点头回答："……嗯，是有点。"

换句话说，奥山完全有可能在一怒之下杀害女友。

※

之后，我们约见了春日井美奈，确认她的确与奥山新一郎交往过。她说自己对这段感情不是特别认真，奥山却陷得很深。她还表示，最近奥山提出要跟交往多年的女友分手，跟她结婚，让她很是头疼——我不禁对奥山产生了些许同情。不过总而言之，警方已经找到了确凿的证据证明"他有作案动机"。

不仅如此，县警的科学搜查研究所还对被害者指尖的皮屑与奥山的皮肤做了DNA比对，确定两者完全吻合。抓伤奥山的人就是她。

有动机，也有物证。最关键的是，奥山本人对罪行供认不讳。有这么多证据在手，警方完全可以将相关资料送交检察厅。

撞死奥山的司机系醉酒驾驶，与奥山没有任何关系，因此奥山之死貌似是一起彻头彻尾的意外事故。

剩下的就是查明案件的细节，尽快送检。

司法解剖将被害者的死亡时间缩小到了"晚上七点半到八点"这个范围。而奥山的车祸发生在八点整。于是警方决定仔细调查奥山出事前的行踪，证明他是有可能作案的。

我们检查了奥山的钱包，发现里面有一张"大森食堂"的小票，打印时间是案发当天下午六点十九分。那是一家做日式套餐的小餐馆，从奥山家走过去只要几分钟。店员称，奥山是他们家的老主顾，当天下午六点不到来店里要了一份烤鱼套餐，六点二十分左右结账走人。

另外，我们在奥山家书房的垃圾桶里找到了快递的包装袋。原来他在网上书店买了书。快递公司称，快递员的送货时间是当天晚上七点二十分。

被害人死于晚上七点半到八点之间。七点二十分，奥山在家收了快递，然后在八点整遭遇车祸去世。这就意味着他必然是在七点二十分到八点整之间从自己家赶往被害者居住的公寓，实施犯罪，最后再回到自家附近。

问题是，他真的赶得及吗？

奥山的确有车，但我们做了实验，发现从奥山家开车去被害者家的话，再快马加鞭也得二十分钟。一来一回就是四十分钟。假设行凶花了他五分钟，总共加起来就是四十五分钟。也就是说，就算他在快递员走人之后立刻开车冲过去，也得八点零五分才能赶回来。然而，奥山明明是在八点整被车撞的，而且出事地点就在他家附近啊。

换言之，我们想证明他去案发现场杀害了中岛香澄，然后再回自己家，算着算着，却差了五分钟——差了短短的五分钟。

就这样，奥山的不在场证明居然成立了。

4

为了推翻死者的不在场证明，四组的所有人绞尽脑汁。要是我们没法把一起凶手都招认了的案子送检，定会沦为搜查一课其他组的笑柄。

"七点二十分在家收快递的人真是奥山吗？"

有人提出了这样的意见。

"有没有可能是替身呢？如果是替身，奥山就能在七点二十分之前出门了，一来一回，时间也够用。"

于是我们把奥山的照片拿给快递员看，问他收货的是不是这个人。谁知快递员不假思索，斩钉截铁道："就是他，绝对没错。"而且他收货的时候也没有什么反常之处。我们比对了收货单上的签名，发现字的确是奥山签的，单子上还有他的指纹。可见截至七点二十分，奥山的确在家。

就在这时，牧村警部提出了另一种猜测。他竟然怀疑问题的关键在于"我的表慢了"。

"'奥山在八点整出了车祸'这一条的依据是新人的手表。可这块表真的准吗？会不会是表走慢了呢？如果慢了十分钟，车祸发生的准确时间就是八点十分。那就意味着奥山有五十分钟的空白时间，从七点二十分一直到八点十分。有这么多时间可用，赶去行凶再回来就是来得及的了。"

我说："我的表没慢啊！"说完便抬手给大家看。表面显示的时间的确跟大家的一样，不快不慢。

"你有没有在车祸之后调过时间啊？"

"没有啊。"

"替身收货"和"手表不准"这两种猜测，说白了都是为了尽可能延长奥山的空白时间。前者是把空白时间的上限往前挪了，后者则是把空白时间的下限往后推了。可惜它们都被推翻了。

之后又有人提出，遗体是不是被移动过。

"也许被害者不是死在自己家里,而是在奥山家遇害的,然后共犯再把遗体运回了薮公寓。如此一来,就算空白时间只有四十分钟,奥山也有可能行凶。奥山家有停车位,被害者的公寓旁边也有专用的停车场,只要把车停好,搬运遗体就不成问题。话说奥山的车还停在家里,这就意味着如果共犯用过,那他事后肯定又把车开回来了。"

然而,这种假设也遭到了反驳。

"把遗体搬回那栋公寓的可行性太低了。没电梯不说,被害者家还在五楼。如果被害者是死后被人搬回去的,那共犯就得扛着尸体爬整整五层楼。像背醉汉那样背着走,虽然比较花时间,上到五楼还是有可能的,但当时并不是深更半夜,才晚上七点多,有被公寓居民目击到的风险。一旦被人看到,那就彻底完蛋了。谁会制订这么欠考虑的计划啊。"

我也帮腔道:"更何况奥山明确说了,他是在被害者家行凶的。他又何必说谎呢?我觉得被害者就是在自己家遇害的,这一点应该不会有错。"

牧村警部点头说道:"'被害者死在自己家里'是本案的大前提。我们必须在此基础上粉碎奥山的不在场证明。"

"据说奥山是个推理作家,作品以解谜为主对吧?而且他尤其擅长写破解不在场证明的故事。说不定啊,他是把准备写进书里的点子用上了。"

"真是这样可就麻烦了。"

"唉，他招认的时候怎么不顺便说说他是怎么制造不在场证明的呢……"

牧村警部环视在场的所有人。

"别说丧气话。撑死不过是推理作家想出来的点子，总能找到破绽的。新人有什么想法吗？像四月和六月发生的那两起案件一样，说说你的好点子吧。"

听着警部的话，我心里七上八下的。那两起案件嫌疑人的不在场证明都不是我破解的。但这点绝对不能说，所以必须想出一个好主意。毕竟目击到奥山在八点整遭遇车祸的人是我。要不是我，他的不在场证明就不会因为"差了五分钟"而成立。所以我产生了强烈的使命感，非要亲手推翻他的不在场证明不可。

"死亡时间会不会被人做过手脚呢？法医推测的死亡时间是晚上七点半到八点，可真正的案发时间要是更早一些呢？奥山在六点二十分左右离开了自家附近的餐馆，七点二十分又在自己家收了快递，但没人知道他在这两个时间点之间做了什么，所以他是有可能利用这段时间行凶的。他会不会是在行凶后把遗体放在了比较冷的地方，延缓尸体现象的发展速度，让法医误判了死亡时间呢？这个方法和'被害者死在自己家中'的大前提也不矛盾。奥山向我坦白的时候说的是'我刚才杀了人'，但'刚才'是个主观色彩很强的词。它可以是几分钟前，也可以是一小时前。也许奥山跟我说的就是一个多小时前的事情。"

下乡巡查部长提出了反对意见。

"在六月的案子里,也有人提出了'通过降温延缓尸体现象发展速度'的假设,问题是要降低尸体的温度,至少得把人装进冰箱才行,光用空调降温是不够的,可案发现场并没有那么大的冰箱,所以这个假设被推翻了。这次的现场也没有大冰箱啊。"

"如果是用干冰降温的呢?"

"干冰?"

"有葬礼专用干冰的,用来在殡仪馆到火葬场的路上保存遗体。"

我想起了爷爷的葬礼,便跟大家说了声"请稍等",然后掏出手机,搜索"葬礼专用干冰"。

"……网上说,一具遗体需要四块二点五公斤重的干冰,加起来一共是十公斤。奥山一个人搬去现场也不成问题吧?"

"这种干冰之所以有效,是因为它们放在狭小密闭的棺材里吧?如果凶手想冷却被害者的遗体,就要准备好能用作棺材的东西。奥山又没法回案发现场去,自然收拾不了那个'棺材'。那'棺材'理应会留在现场的啊,可现场并没有那样的东西。"

"会不会是共犯收拾的呢?"

"共犯?你别说傻话好不好。奥山怎么会料到自己在八点出了车祸,跟人坦白了罪行,让警方迅速赶去了现场呢?他本以为尸体会在很久以后才被人发现,所以就算有共犯帮他收拾棺材,也不会一到八点就收走,因为要想让法医误判死亡时间,就得尽可能多冰一会儿。所以我们赶到现场的时候,棺材应该还没被收走才对。"

其他人纷纷点头。

"对死亡时间做手脚的假设还存在另一个问题。快递员做证说,奥山收货的时候'没有什么反常之处',这说明截至七点二十分,奥山的脸颊还没被抓伤。那时还没被抓伤——就意味着他在那时还没有杀死中岛香澄。也就是说,我们可以排除被害者的死亡时间被人做过手脚的可能性。"

"被害者的确抓伤了奥山,这一点有指尖皮屑的DNA比对结果佐证,可如果她抓伤的不是脸颊,而是别的部位呢?"

"别的部位?"

"比如胸口、腹部什么的。这些部位有衣服遮着,被抓伤了也看不出来。说不定快递员在七点二十分见到奥山的时候,他的胸口或腹部已经有伤口了。左脸的伤口,是收了快递以后被别人抓的,只是我们一直误以为那是被害者抓的……"

然而,这套假设很快就被推翻了。因为旁观司法解剖的同事说,除了左脸的抓伤,奥山身上并没有其他抓伤。被害者抓的就是奥山的左脸,绝对不会有错。换言之,她是七点二十分以后遇害的,凶手对死亡时间做过手脚的可能性被彻底排除了。

奥山是八点整被撞的,所以他只可能在七点二十分到八点之间行凶。然而，如果他要从自己家去被害者家，行凶后再回来，总共需要四十五分钟，怎么算都差了五分钟。而且搬运遗体的难度较大，再加上奥山的亲口供述，被害者死在自家公寓这一点也是板上钉钉的。这就意味着，奥山有了坚若磐石的不在场证明。他究竟是如何杀害中岛香澄的呢？

为了寻找线索，我们决定看一看奥山的作品。关于警察组织的描写跟现实有比较大的出入，不过人家写的又不是关于警察的纪实作品，看着倒也不太别扭。每部作品的情节都构思得非常巧妙，细节也是煞费苦心，制造不在场证明的手法也格外讲究，读起来还挺有意思的，只是对破案没有丝毫帮助。于是我们又想，奥山用的也许是还没写成作品的点子，就翻了翻书房的创意笔记，却还是毫无斩获。

"把松尾警部叫来！"——这句话成了四组内部的黑色玩笑。奥山新一郎笔下的松尾警部不是破解不在场证明的专家嘛，再破不了案，不如把他请来算了。

5

"七点二十分在家收快递的人的确是奥山没错。案发现场与死亡时间也不存在误判的可能，所以奥山有了铜墙铁壁般的不在场证明。我想破了脑袋，却还是推翻不了，只能厚着脸皮来委托你了……"

时乃莞尔一笑。

"多谢您的信任。"

"怎么样？你能推翻这个不在场证明吗？"

"我要先问您一个问题。"

"什么问题？"

"奥山先生在七年前出过车祸，受了重伤对吧？您了解那场车祸的详细情况吗？"

"我听说他当时坐在高中班主任的车上，人在副驾驶席。那天他们组织了同学会，也邀请了恩师。他就是在搭老师的顺风车回家的路上出事的。"

"那位老师是男是女，大概几岁呀？"

"是位四十五六岁的女老师。"

"老师没有因为这场事故去世对吧？"

"嗯，她虽然受了重伤，好在恢复得不错，现在身体好像也没什么问题。"

这样啊——时乃点点头，轻描淡写道：

"时针归位——奥山先生的不在场证明已经土崩瓦解了。"

❋

这一切发生得太快，让我茫然不知所措。

"您和奥山先生的对话有一处不太自然的地方。"

"哪里不自然了？"

"当时您问奥山先生：'你在哪里杀的人？'他回答的是'手城町的薮公寓，503号房间'，对吧？"

"对啊。"

"仔细想想，奥山先生的措辞不会很奇怪吗？他为什么不直接说'她家'呢？他正在向您坦白杀害中岛香澄女士的事情，您在这个时候问他在哪儿杀的人，他理应直接回答'她家'。可他为什么要回答'手城町的薮公寓，503号房'，特意报出地址呢？"

一语点醒梦中人。还真是奇怪得很。

"为什么不直接回答'她家'……莫非案发现场不是被害者的家？不对啊，不可能啊，那间屋子的确是她家啊。"

"我试着在脑海中重构二位的对话。用'手城町的薮公寓，503号房'这句话回答'你在哪里杀的人？'的确很奇怪，但它要是针对前一个问题——'中岛香澄？她住在哪里？'的回答，就很顺理成章了。"

中岛香澄？她住在哪里？

手城町的薮公寓，503号房。

还真能对上。

"可他为什么要回答前一个问题呢？"

"我也产生了同样的疑问。然后我就想起来了——在您问出

'你在哪里杀的人？'之前，奥山先生因为巨大的痛苦面容扭曲，闭上了眼睛。闭上了眼睛……想到这儿，我终于明白他为什么会回答您的前一个问题了。"

我还是一头雾水。时乃看着我的脸，微微一笑。

"奥山先生一旦闭上眼睛，就不知道对方说了什么……不，应该说'他甚至不知道对方说过话'。当您问他'你在哪里杀的人？'的时候，他是闭着眼睛的，所以他不知道您说了话。于是他才回答了您的前一个问题——'中岛香澄？她住在哪里？'"

"闭上眼睛就不知道对方说过话？怎么会这样啊？"

"奥山先生的耳朵听不见。他的日常交流全靠读唇语。"

"耳朵听不见？"

"嗯，在您对奥山先生的描述中，有好几处蛛丝马迹。"

有吗？

"当醉酒的司机开车冲向奥山先生时，您明明大喊'当心！'，他却没听见。您听见后面有车来了，于是及时避让，他却没有反应。这难道不是因为他听不见吗？"

我的脑海中浮现出奥山被车撞飞的光景。

"亲读社的编辑说，奥山先生从不参加作家的聚会，也拒绝了大赛评委的工作，对吧？也许这并不是因为他不喜欢跟人打交道，而是因为双耳失聪不方便。毕竟在那种场合，难免要同时跟好几个人说话。如果这些人整整齐齐在他对面站成一排，那还好说，可是在那种地方，肯定会有几个人是侧身对着他，或是斜对着他，那他就很难读唇语了。我觉得他之所以拒绝演讲的邀约，大概也是怕提问的听众离得太远，看不清对方的嘴唇。"

"啊，原来是这样……"

"您说奥山先生完全没用手机打过电话，这也不是因为他不喜欢打电话，而是因为他听不见，打不了电话。他买智能手机主要是为了收发短信、上网、拍照和录像。"

"还真是，这个假设的确比'他不喜欢打电话'合理多了。"

"您说奥山先生家里没有音响，也没有CD机，一张CD也没有。如果他的耳朵听不见，家里没这些东西就再正常不过了。"

敢情他不是对音乐不感兴趣啊……

"您还说奥山先生戴了一块液晶手表，我猜那应该是听障人士专用的室内信号装置。"

"室内信号装置？"

"听障人士听不见门铃，有客人来了也不知道，所以他们会用一种叫'室内信号装置'的东西，它会通过闪光、振动或文字告诉他们门铃响了。闪光的一般是直接装在屋里的，振动的一般做成戴手表的多功能手环。它有液晶画面，会在振动的同时显示文字，传达必要的信息。有的产品能通知佩戴者电话或传真来了，有些银行和医院会用它叫号，还有专为听障母亲设计的产品，能让妈妈及时知道宝宝在哭。"

"你懂得好多啊！"

"只要是有时钟功能的东西，我都会去了解一下。"

时乃微微一笑。多么令人钦佩的专业精神啊。

"奥山怎么会失聪的呢？"

"您说他在七年前搭恩师的车回家，却遭遇车祸，受了重伤。听力障碍应该就是车祸的后遗症。据说因交通事故的后遗症失聪是常有的事。"

"可奥山为什么要隐瞒自己失聪这件事呢？法律规定听障人士要开车的话，必须加装广角镜或辅助镜，还要贴听障标识。否则听障人士很难察觉到后方的车辆，周围的车辆也不知道这辆车的司机听不见，拼命按喇叭让他闪开，有一定的安全隐患。可奥山的车上既没有这类镜子，也没有标识。而且听责编远野良夫和春日井美奈的口气，他们好像都没察觉到奥山的耳朵有问题，这说明他平时一直在读唇语。可见奥山显然在故意隐瞒自己听不见这件事。这是何必呢？"

"据我猜测……奥山先生之所以这么做，可能是为了出车祸时负责驾车的恩师。"

"怎么说？"

"既然是那起事故让奥山先生失去了听力，那么从某种角度看，开车的恩师也要负一定的间接责任。要是恩师知道了这件事，一定会大受打击。也许奥山先生就是为了避免这种情况，才一直隐瞒自己的情况。而且他瞒得特别彻底，不光瞒着恩师，周围的所有人都不知道。这也难怪，毕竟只瞒恩师，不瞒别人的话，难保风声不会传进恩师的耳朵里。"

"奥山居然这么为老师着想？"

"奥山先生的恩师是一位女士对吧？也许他对恩师怀有爱慕之情。"

我心想，你的想象力也太丰富了吧——可就在这时，我忽然想起了二〇一七年五月上任的法国总统。人家真把当年的班主任娶回家了啊！而且奥山的新欢春日井美奈也是奔五的年纪，比他大了七八岁。也许他真对比自己年长很多的女性情有独钟。

"再看奥山先生的不在场证明，"时乃说道，"正如我刚才所说，警方误以为'手城町的薮公寓，503号房'这句话回答了'你在哪里杀的人？'这个问题，于是便认定案发现场就在薮公寓的503号房，其实不然。"

"那……"

"所以案发现场可能不是中岛香澄女士租住的公寓，而是奥山先生的住处。也许不是奥山先生去了中岛女士家，而是中岛女士来了奥山先生家。如此一来，奥山先生就有机会掐她的脖子了。"

"机会是有的，但……"

"在您打电话报警的时候，奥山先生一直是闭着眼睛的，所以他不知道您在电话里说了'手城町的薮公寓极有可能发生了凶杀案'，之后没过多久他便去世了，也就没有机会纠正您的误会了。"

"这倒不是完全不可能……"

"还有其他证据能证明案发现场不在中岛家，而在奥山家的推论。比如，奥山先生没有随身携带驾照与钱包。如果中岛家是案发现场，那奥山先生开车过去的时候必然会带上驾照和钱包。可是车祸发生的时候，他身上没有那两样东西。这正是因为案发现场就在他家。人在家的时候，当然不会把驾照和钱包带在身上。行凶后，他因为过度惊慌，连驾照跟钱包都顾不上拿就冲出去了。"

"可……如果案发现场在奥山家，他的确有机会掐死被害者，但新的问题又来了——他是怎么把遗体运回薮公寓的呢？如果他亲自搬运，就不可能在八点出现在车祸现场了，这就意味着他必然有共犯，是共犯把遗体搬回去的。可被害者的家在五楼，而且那栋公寓是没有电梯的。我刚才也说了，大半夜也就算了，当时是晚上七点多，背着尸体爬楼梯说不定会被邻居撞见。谁会冒这么大的风险啊？"

"是呀，我也是这么想的。"

喂喂喂……我不禁在心中吐槽。什么叫"我也是这么想的"啊？那中岛香澄的遗体是怎么回到自己家的啊？

"唯一的可能就是，中岛女士不是被'搬'回去的，而是自己回的家。"

"自己回的家……？"

我都听不懂时乃在说什么了。

"什么意思？被害者都死了，怎么可能自己回家啊？"

她总不能像僵尸那样，自己爬起来走回去吧？时乃笑眯眯地说："如果奥山先生只是误以为自己杀害了中岛女士呢？奥山先生左脸的抓伤、中岛女士右手指尖的皮屑和DNA的比对结果告诉我们，奥山先生的确掐过中岛女士的脖子，可这并不能和'他杀了中岛女士'画等号。奥山先生手无缚鸡之力，如果中岛女士只是被掐晕了，却没有死呢？只是奥山先生认定自己杀了人罢了。如果是精心策划的谋杀，凶手必然会确认对方有没有死，但如果是一时冲动，凶手一定会惊慌失措，完全有可能因为对方一动不动，就误以为人已经死了。要是在奥山先生因惊慌过度冲出家门之后，中岛女士醒过来了呢？"

"醒过来了……？"

"嗯，她有一辆轻型车对吧？她应该是开那辆车去的奥山家。您说奥山家有足够停两辆车的车位，所以她的车也有地方停。苏醒之后，她就开着轻型车回家去了。之所以没有报警，大概是因为她想以此为要挟，逼奥山先生跟她结婚。回家之后，她才死于真凶之手。我认为她的颈部之所以有多处掐痕，并不是因为遭遇到抵抗的凶手掐了她好几次，而是因为有两个人掐过她。餐桌上会有她的手提包，也不是因为她正准备出门，而是因为她刚到家。"

我试着心算她的推论在时间层面是否站得住脚——七点二十

分，奥山在家中收快递的时候，左脸还没有伤。假设他在那之后立刻掐了中岛香澄的脖子。中岛晕过去了，奥山却以为自己杀了人，冲出门去。到了七点三十分左右，中岛清醒过来，开车回到自己家。从奥山家开车去中岛家大概需要二十分钟，所以她是七点五十分左右到家的。然后她前脚刚进门，后脚就遇害了……如此一来，就跟司法解剖得出的死亡时间"七点半到八点"完美吻合了。从时间的角度看，时乃的推论完全站得住脚。

"那杀害她的真凶究竟是谁啊？"

"中岛女士的指尖有奥山先生的皮屑。也就是说，中岛女士没有洗过手。照理说，回家后的第一件事就是洗手，可她连手都顾不上洗就遇害了，恐怕她真是回家还不到一分钟就出事了。从这一点可以推断出，在她回家的时候，凶手已经在屋里了。"

"已经在屋里了？"

"嗯，真凶是有备用钥匙的。一般来说，最有可能持有备用钥匙的是她的男友，可她的男友就是奥山先生，可以排除。不是男友，那就是公寓的房东了。房东出于某种目的，偷偷溜进了中岛家。他本以为那个时候家里是没有人的，谁知中岛女士竟然回来了。情急之下，他就把刚进屋的中岛女士掐死了。

"而冲出家门的奥山先生吓得不知所措，只能在自家周围乱转。转到八点整的时候，他在您面前被车撞到，坦白了'杀人'的罪行。然而因为双耳失聪，中间发生了一些误会，以至于警方认定

绝对不在场证明　113

'杀人'现场在中岛家。再加上中岛女士只是晕过去了,并没有死,醒过来以后还自己回了家,又在家里真的遇害了……这一系列的巧合不仅没有解开误会,反而让警方越发认定'奥山先生在中岛家杀害了中岛女士'。于是奥山先生就有了不在场证明。"

※

正如时乃所推理的那样,奥山果真是听障人士。我看到的"液晶手表"也的确是室内信号装置。我们在玄关口的门铃和电话机上找到了信号发射器。参与侦查的所有人都没有这方面的知识,即便看到门铃和电话上有某种装置,也不会放在心上。真是太惭愧了。

薮公寓的房东矶田幸三很快便招供了,甚至有些如释重负的感觉。他说他只是因为太过惊慌才失手杀了人,对被害者并无杀意。行凶后,他一直承受着良心的谴责。

原来矶田是奥山的书迷。有一次,他碰巧看见奥山走出中岛香澄家,认出了自己崇拜的作家,便鼓起勇气上前搭话。奥山得知对方是自己的书迷,倒也非常高兴。自那以后,两人便开始时不时见上一面,聊上一聊。

矶田会趁被害者不在溜进她家,也是受了奥山所托。奥山告诉他,自己会把被害者叫到家里,拖住她几个小时,让矶田利用这段时间去她家搜查一番,看看能不能找到什么把柄。要是找到了,就以此为要挟，逼她分手。

谁知奥山在家中和被害者发生了争吵，气急之下掐了她的脖子。见她一动不动，奥山误以为人已经死了，惊慌失措，冲出家门。片刻后，被害者清醒过来，回到了自己家。见她提早回来了，矶田顿时陷入恐慌，失手掐死了她。

如果奥山还活着，他一定会在得知警方误以为中岛香澄死在自己家的时候说，我不是在她家杀的人，真相便会立刻大白于天下。可奥山死了，于是谁都没意识到，犯罪现场搞错了。

由于"凶手"是推理作家，又擅长写关于"破解不在场证明"的故事，大家都认定他用了什么倾注毕生心血的精妙方法制造不在场证明。殊不知这是一起冲动下的犯罪，"凶手"并没有耍任何花招。"不在场证明"的成立，不过是误会与巧合的结果。

不知道松尾警部能不能侦破这起谜案呢？

第4话

钟表店侦探与消失的不在场证明

1

"这一次……我想请你帮一个人找不在场证明。"

听到我说出的这句话,美谷时乃眨了眨眼。

"要找不在场证明吗?"

这家"美谷钟表店"规模不大,位于鲤川商店街。

我已经请这家店的店主帮忙推翻过三次不在场证明了。为什么要找人帮忙推翻不在场证明呢?因为我是县警搜查一课的刑警。在办案的过程中,我实在无法破解嫌疑人的不在场证明,只能厚着脸皮求助于人。实不相瞒,这里恐怕是全日本唯一提供"推翻不在场证明"服务的钟表店。

现任店主时乃是位二十五六岁的女士,平时总是穿着钟表匠的工作服。她身材娇小,有一张神似小白兔的脸,乍看并不像值得托付的人,却漂漂亮亮地完成了我的前三次委托。这是我第四次找她了,不过这次的委托跟之前的不太一样。

"我看墙上不光写着'代客推翻不在场证明',也写着'代客搜寻不在场证明'对吧?这一次,我就想请你帮忙找一下不在场证明……"

"多谢惠顾，"时乃鞠躬致谢，"爷爷基本没教过我该怎么找不在场证明，我也不知道自己能不能满足您的要求……"

"没关系。"

时乃摆了一杯绿茶在我面前，坐回柜台后面，莞尔一笑。

"那就请您讲讲事情的来龙去脉吧。"

2

十月十八日上午十点多，那野市黑佛町的分售公寓"出云雅居"的605号房间发现一具尸体，疑为他杀。被害者是这套房子的住户河谷敏子，三十三岁。

被害者是一对一授课的钢琴老师。605号房间是两室一厅的房型，有两个六张榻榻米那么大的小房间。她把其中一间改造成了隔音房，放了一架三角钢琴，用作琴房。约好十点来上课的学生按了好几次门铃，却无人应答，随即发现大门没锁，觉得不太对劲，进屋一看，竟在琴房发现了遗体。

本案由我所在的搜查一课第二强行犯搜查四组负责。

被害者的后脑勺有多处角状伤痕，凶手还用窗帘的流苏挂穗勒了她的脖子。三角钢琴的边角沾有血迹，而且司法解剖的结果显示，后脑的伤痕形状与钢琴边角完全吻合。再加上后脑的伤有生活反应，可见凶手是先使被害者的后脑反复撞击钢琴边角，趁其昏迷再勒住她的脖子，将其杀害。由于本案的凶器是无法轻易搬动的钢琴，警方可以确定琴房就是案发现场。

法医推测的死亡时间是前一天（十七日）的上午九点到正午。琴房做过隔音处理，因此隔壁邻居没有听到惨叫与打斗的声响。十七日是星期二，被害者一般不在星期二排课，所以当天没有学生上门拜访，以致第二天早上才有人发现遗体。

警方在她家找到了学生名册，便找学生们逐一了解情况。被害者是位口碑很好的钢琴老师，没有一个人说她的坏话。

在遗体被发现的第二天，也就是十九日的上午，一个叫芝田和之的男人来到设在片区警署的搜查本部。坐镇本部的牧村警部接待了他——除首次现场勘验外，搜查一课的组长们都要留守本部，负责调兵遣将。

芝田四十岁上下，长得还挺英俊。他在那野市宇井町经营着一家叫"里乐奢处"的按摩店。

"我看了今天的晨报才知道，河谷敏子女士在前天上午遇害了……实不相瞒，她是我们家的老主顾，前天也是一大早就来了。"

"那是几点的事啊？"牧村警部问道。

"我们是十点开门，她十点就来了，待到十一点，要了一小时套餐。"

从按摩店所在的宇井町开车去被害者家所在的黑佛町大概需要

十分钟。

"河谷女士是开车来的吗?"

"不,她是骑自行车来的。"

那就意味着她回家需要二十来分钟。就算她是十一点整离开按摩店的,也得十一点二十分左右才能到家。也就是说,凶手的作案时间在十一点二十分到正午之间。

"河谷女士有没有在店里提起她回家后要招待客人什么的?"

"没有啊……"

"那她有没有跟人闹过矛盾呢?"

芝田略显犹豫。

"有些话不知当说不当说……"

"再鸡毛蒜皮的事,也请您如实相告。"

"她好像跟妹妹闹得有些不愉快……"

"怎么说?"

"问题出在父母留给她们的房子和土地上。有家建筑公司想用那块地盖公寓楼,河谷女士还挺想卖的,但是据说她妹妹坚决反对……听说妹妹对那套房子有很深的感情,现在还住在里头呢。"

"那您知道房子在哪儿吗?"

"她提过一嘴,貌似在须崎町。"

"河谷女士的妹妹叫什么名字?"

"我记得……好像叫'纯子'。"

3

当时我跟下乡巡查部长正在找学生们了解情况。接到牧村警部打来的电话后,我们立刻调整行程去拜访被害者的妹妹。我们先去了一趟管辖须崎町的警亭,打听到了河谷纯子的住址。

那是一栋独门独院的房子,位于住宅区的角落。房子共有两层,从外面看应该是三室一厅。墙上有一个垃圾口,应该是开在客厅。垃圾口旁边设有车棚,够停一辆车,但此刻并没有车停在那里,只有一辆自行车停在车棚的正中央。大概是装车棚的时候家里还有车,可后来把车处理掉了。高高的围墙将这栋房子和左右、后方的邻居隔开,给人留下较为封闭的印象。

我们按了好几次门铃,却没人应门。就在我们以为家里没人,准备回去的时候,终于听见屋里有人用沙哑的嗓音说道:"……谁啊……"

"我们是县警搜查一课的,有些问题要问您,和您的姐姐河谷敏子有关。"

"……好的,请稍等。"

我们在门口等了足足五分钟,河谷纯子才出来。她身材苗条,奔三的年纪。眼睛好像有点肿,不过眉眼还算清秀。

第一眼看到她时,我便隐隐约约觉得她有些眼熟。这明明是我第一次见她,却有种似曾相识的感觉。是因为她长得像姐姐敏子

绝对不在场证明 123

吗？姐妹自然是像的，可我又觉得，她长得像另一个人……"

我们道出河谷敏子遇害一事，她却带着僵硬的表情回答："……我在报上看到了。"

"您就没想过要联系搜查本部吗？"下乡巡查部长用诧异的口吻问道。

"……想过……"

对方轻声回答。从她没有立刻联系警方这一点便能看出，姐妹不和怕是确有其事。

"不好意思，请问您前天上午九点到中午这段时间在哪里？"

"……上午九点到中午吗……"纯子面露惊慌的神色，"……那段时间……我在家里睡觉。"

"睡觉？"巡查部长一脸的无语。

"我在酒吧工作，凌晨一点不到才能回家。所以我平时总是早上六点多睡下去，下午两点多起床。"

"啊……原来您刚才在睡觉啊。不好意思打扰您休息了。"

"没关系……"

"您平时一个人住吗？"

纯子点了点头。换言之，她没有不在场证明。

"恕我冒昧，听说您为了房子的事情，跟姐姐闹了点矛盾是吧？"

"嗯，她讨厌这个家，所以早就搬去公寓住了，但我对这栋房子有很深的感情,实在不想卖。"

纯子难掩内心的慌张,这让我不由得起了疑心。她一定有事瞒着我们。眼下她完全称得上本案的头号嫌疑人。然而,警方还没有足够的证据向她发起总攻。当务之急,是搜集更多的证据。

❈

我们马不停蹄地赶往纯子上班的地方,"Noire[1]"酒吧。那是一家高档酒吧,开在那野站东南侧的左卫门町,位于大楼地下。左卫门町是本县首屈一指的闹市区。走进这种酒吧,怕是得做好刑警月薪的四分之一瞬间蒸发的思想准备。

酒吧还没开门,不过老板娘已经来了。她四十出头的样子,很有气质。我们想找她了解一下案发当天,也就是前天的晚上,纯子在店里有没有反常的举动。

谁知老板娘告诉我们,纯子那天晚上没来上班,而且是无故旷工。老板娘倒没有生气,只是觉得有些莫名其妙。

"纯子这姑娘做事很踏实的,无故旷工是从来都没有过的事情。昨天晚上她也正常上班了,还特意跟我道了歉,可我问她前天到底出了什么事,她却含糊其词……"

被问及案发时行踪的慌张,再加上案发当天的无故旷工——我

---

[1] 法语,意为"黑色"。

与下乡巡查部长对视一眼。

河谷纯子不来上班,是不是因为她刚杀了人,不敢见同事呢?"害怕周围的人因为自己的些许变化看出端倪"是杀人犯常有的心态。所以案发当天,她决定不去上班了。照理说她完全可以打个电话说自己身体不舒服,不过她大概是太担心了,生怕声音的变化会暴露自己的异常。

看巡查部长的表情,便知他跟我想到一块去了。

"前天晚上出什么事了吗?"老板娘忧心忡忡地问道。

"前天上午……纯子女士的姐姐在家中遇害了。"

老板娘面露惊愕。

"警察不会是怀疑到纯子头上了吧?"

"您为什么会这么想呢?莫非纯子女士跟她姐姐之间有什么矛盾吗?"

下乡巡查部长装出一无所知的样子。老板娘的脸上多了几分怒意。

"我哪知道啊!只是听你们这个问法,明显就是在怀疑纯子嘛。反正我跟你们保证,纯子绝对不是那种人!"

※

我们在那天下午三点左右又一次登门拜访了纯子。她的神色看上去很是不安。

"听酒吧的老板娘说你前天晚上无故旷工了?"下乡巡查部长问道。

"……对。"

"为什么呀?老板娘都觉得奇怪,说您之前从没有过这种情况的。"

"……是这样的……我那天睡过头了。"

"睡过头了?您应该几点上班啊?"

"下午六点。因为酒吧是七点开门。"

"您跟平时一样,是早上六点多就寝的吗?可愣是没在下午六点之前起来?"

"……嗯,一睁眼已经快半夜十二点了。"

"那您岂不是睡了将近十八小时吗?怎么会这样呢?"

"……我也不知道。"

"一睡睡这么久,不是很奇怪吗?说句不怕冒犯的话……您是不是没跟我们说实话呢?明明没睡过头,却说睡过头了……"

"……我没骗你们,那天我睁眼的时候,真的已经快十二点了。"

初次见面的时候,我便感觉到她对我们有所隐瞒。难道她想隐瞒的,就是案发当天睡过头这件事吗?不,不可能。她肯定还有别的秘密。

"您昨天去上班的时候,老板娘也问起了前天的情况,但您好像没有正面回答她啊。您为什么不告诉她您是睡过头了呢？"

纯子的双唇瑟瑟发抖。犹豫再三之后，她仿佛是下定了决心，看着我们说道：

"……我还是实话告诉你们吧……"

莫非她要招了？我顿时紧张起来，下乡巡查部长却面不改色地望着她。

"……之所以没跟老板娘说我睡过头了，是因为我不敢深究自己睡过头的原因……"

"睡过头的原因？"

"……其实我一直有梦游症。我怀疑前天自己是不是发作了，所以才会在睡梦中到处乱跑……把自己累着了，于是就一觉睡到了半夜……"

"把睡过头跟梦游联系到一起，会不会有些草率呢？是不是有别的原因让您认定自己发病了呢？"

"……我身上有血……"

"啊？"

"我的手和睡衣的袖子上，沾到了一点点血……"

"不是您自己的血吗？"

"嗯……因为我全身上下都没有出血的地方。那到底是谁的血？为什么会沾到我身上？……一想到这儿，我就毛骨悚然……"

纯子的身子真的微微发颤，仿佛回想起了那一刻的恐惧。

"而且……我还做了很奇怪的梦。"

"什么梦?"

"整个人飞到天上啦,整张脸被人摸来摸去啦,身子被人按住啦,被关进黑漆漆的洞窟啦……就是这样的梦。我平时很少做梦的,可前天偏偏做了这样的梦。我心想,这一定是因为梦游症发作了,我在到处乱跑……"

紧接着,纯子如此说道:"……看到今天的早报,我才知道姐姐遇害了。"

"您当时是怎么想的?"

"我的第一反应是,说不定是我干的。说不定我梦游症发作,失手杀了姐姐。我手上的血,说不定就是姐姐的血……"

"您就那么恨姐姐吗?恨到要杀了她的地步?"

"……不,根本没有那么严重。虽然我们为了这栋房子闹了点矛盾,可她毕竟是我的亲姐姐啊。但我又觉得,说不定是我睡着的时候理性被压制住了,一部分情绪不受控制,爆发出来……"

"您没有车对吧?如果事情真的如您所说,那您又是如何在梦游症发作的状态下去您姐姐家的呢?从这里到黑佛町的公寓,还是有点距离的啊。"

"只要去附近的公交车站搭车,大概十五分钟就能到姐姐家了。"

"您刚才说睡衣的袖口沾到了血是吧?您是怎么处理那身衣服的呢?"

"当然是扔掉了。"

"您肯定不会只穿一件睡衣就出门乘车的，外面应该还穿了秋装外套吧？那您有没有检查过外套呢？上面有血迹吗？"

"嗯，但外套是干净的。"

我跟巡查部长很是困惑，面面相觑。"我可能在梦游症发作期间杀了人"……我们应该把她刚才说的看作"凶手的供词"吗？可我从没听说过"梦游症患者在发病状态下杀人"之类的事情。更何况，发病期间的运动能力应该会比正常状态差很多才对。这样的人，真有本事夺人性命吗？

下乡巡查部长问："能否借您的外套一用？"纯子犹豫片刻后点了点头。她大概也想尽早摆脱"不知自己有没有杀死亲姐姐"的状态，结束受焦虑折磨的日子。

在回搜查本部所在的片区警署的路上，我终于想起自己为什么觉得纯子眼熟了。

原来，她长得有点像我上高中时喜欢过的女生。

4

搜查本部认为，"梦游症发作"不过是纯子编出来的借口。大家甚至认为，纯子压根就没有这种病。

她因为某种原因去了姐姐家，却意外爆发口角，一时冲动，犯下大错。周围有很多人知道她们姐妹关系紧张。敏子一旦遇害，嫌疑最大的必定是纯子。奈何这是一场冲动下的犯罪，纯子并没有准备不在场证明。于是她便决定谎称自己当天梦游症发作，如此一来就算被警方逮捕，也能主张自己犯案时精神失常……

被害者是位口碑很好的钢琴老师，和学生们并无矛盾，与朋友们也相处融洽。除了纯子，没有别人跟她闹过矛盾。于是搜查本部就把全部的注意力集中在了纯子身上。

纯子的外套并未检测出血迹。警方找邻居了解过情况，可惜十七日上午九点到正午前后并没有人目击到她进出家门。

警方仍未找到足以申请逮捕令的证据，但针对纯子的包围网正在逐步缩紧。

然而，搜查本部越是怀疑纯子，我就越觉得她不是真凶。

道出"自己可能在梦游症发作时杀死了姐姐"时，她所表现出的恐惧格外真实，实在不像是演出来的。第一次见到她时，我也怀疑过她，可事到如今，我反而越来越不觉得她是凶手了。不，准确地说，是我不愿意认定她是凶手。转变的契机，也许是我发现她长得有点像我上高中时喜欢过的女生。当然，这种事我是绝对不会告诉别人的。我真是个不合格的刑警，竟在办案时掺杂了私情。

在二十一日晚上的搜查会议上，我如此说道："不好意思，我稍微插一句——如果纯子是凶手，那她说自己一觉睡到半夜十二点这件事就很不对劲了。"

"怎么不对劲了？"牧村警部问道。

"纯子平时都是下午两点左右起床的，那天却一觉睡到那么晚，是不是因为她被人下了安眠药呢？"

"安眠药？谁会给她下药啊？给她下药干什么啊？"

"也许是真凶下的药，为的就是让她背黑锅。"

"你的意思是，凶手不是她？"

"我觉得这是有可能的。为了加重纯子的嫌疑，真凶故意选择她平时睡觉的时间行凶。但他又不能完全排除'纯子没在案发当天的那个时间段睡觉'的可能性。万一她没睡，而是出门去了，还被人看到了，她就有了不在场证明，没法背黑锅了。所以真凶就给她下了药，确保她在行凶时间睡着。"

"你想多了吧。没有任何证据能证明她真的睡到了半夜十二点。估计她只是为了让'梦游症发作'这个借口显得更可信一点才这么说的吧。听信没有证据支持的证词，认定有人给她下了安眠药，未免太荒唐了。"

下乡巡查部长和其他警官也表示赞同。

目前我手中的材料太少，无法推翻本部的定论。于是我决定违背既定方针，独自开展侦查。一旦暴露，警告处分是免不了的，所以我必须利用下班后的时间，偷偷摸摸地查——

※

"好精彩呀!"

时乃在柜台后面笑嘻嘻地说道。我一开始还以为她是在说风凉话,可抬眼一瞧却发现,她貌似是真心的。我清了清嗓子,继续说下去。

其实警方之所以会注意到纯子,说到底是因为"里乐奢处"的店长芝田和之提供的证词——姐妹俩因为父母留下的房子和土地闹得不太愉快。搞不好这个芝田才是真凶,他就是为了让纯子背黑锅才去警局做证的。

我还不了解芝田有没有行凶动机,但很有必要查一查他的不在场证明。二十一日晚上的搜查会议结束后,我一咬牙一跺脚,打车赶往芝田经营的按摩店[1]。

"里乐奢处"开在一栋五层高的商业楼的底层。旁边就是宽敞的停车场。我是晚上八点多到的,正是刚打烊没多久的时候。店里有三个单间,每间大约三张榻榻米那么大,各放着一张按摩床,按摩床上铺着垂到地板的长床单。店里有前台,但没有专门的接待员,技师好像会在服务完自己的客人之后走到前台,完成收款的工作。

我请芝田大致讲讲十七日被害者来按摩店时的情况。他用和蔼的语气说道:"河谷女士几乎是在我们上午十点开门的同时来的。

---

[1] 日本的出租车比较贵,普通人一般不太舍得打车。

她跟平时一样，要了一小时套餐，前三十分钟是我给她按的。之后的二十分钟交给另一位技师了，最后十分钟换回我。"

"能请您把另一位技师叫过来吗？"

芝田叫来了一位三十岁上下的男技师，看起来一本正经。他说自己姓田川。

"是的，后半段有二十分钟是我负责的。我是新来的，店长说一小时都交给我做有点不放心，所以他自己负责前三十分钟和最后十分钟，中间的二十分钟让我来。那天河谷女士睡得可香了，大概是我按得很舒服吧。"

"您有没有亲眼看到她回去啊？"

"没有，因为当时我正在另一个单间给其他客人按摩。"

芝田苦笑着插嘴道："您不会是怀疑我在这家店里杀了河谷女士吧？就在我接替田川按的那最后十分钟时间里？所以您才问他有没有亲眼看到河谷女士回去？"

"不，我不是那个意思……"

"新闻节目里说，河谷女士是死在自己家里的呀。还说她的后脑勺有被三角钢琴的边角撞过好几下的痕迹，脖子也被人勒过。她不可能是我杀的，更不可能死在这家店呀。"

我竟无法反驳。三角钢琴造成的伤口排除了芝田在店里行凶的可能性。但他会不会利用套餐的最后十分钟把被害者囚禁起来，让她无法动弹呢？田川的确没有亲眼看到被害者离开的那一幕。要是芝田在法医推测的死亡时间的下限,也就是正午之前把被害者带回家,然后实施了犯罪呢?

"您说河谷女士是十一点回去的,那她回去之后您都做了些什么呢?"

"在十一点多的时候,店里又来了一位客人,我就去给她按了。她也要了一小时套餐。"

"这位客人叫什么名字?"

"诸井友代。"

"您知道她住哪里吗?"

"知道,她是我们家的会员,入会的时候留过地址的,"芝田好像有些不高兴,"您是怀疑我没在十一点多接待诸井女士吗?您觉得我十一点一过就跑去河谷女士家里行凶了?"

"我调查这些也是为了证明您的清白,能否请您配合一下?"

"好吧——"芝田勉勉强强答应了,把诸井友代的地址告诉了我。

"给诸井女士按摩的时候,中间也有一段时间是田川先生负责的是吗?"

"对,"田川点头道,"我按了二十分钟左右。"

芝田又插嘴道:"我可没那么大本事利用那短短的二十分钟赶去河谷女士家,杀了人再赶回来。从这儿到河谷女士家,开车也得十分钟呢。算上行凶的时间,无论如何都会超过二十分钟的。"

绝对不在场证明　　135

离开"里乐奢处"后,我立刻赶往诸井友代家。当时已经八点半多了,照理说不该上门叨扰,但是为了尽早核实芝田的不在场证明,我顾不上那么多了。

诸井家坐落在幽静的住宅区,从"里乐奢处"走过去大约需要十分钟。我对着她家的门禁对讲机自报家门,说我是警察,有几个关于"里乐奢处"老板芝田和之的问题要问她。片刻后,房门开了。五十多岁的一男一女走了出来。

"我就是诸井友代……"

身材微胖的圆脸妇女带着怀疑的神色说道。旁边那个比较瘦的男人应该是她老公。毕竟时间不早了,陪着一起出来总归放心些。

"不好意思打扰您休息了。您在十月十七号上午十一点去过'里乐奢处'对吧?能请您回忆一下当时的情况吗?"

"呃……我去做个按摩,怎么了?"

"事关机密,我没法跟您说得太具体,总之是芝田先生可能和某起案件有关,所以我想找您了解一下案发当天的情况。"

诸井友代瞠目结舌。

"你看看!我就说那人很可疑嘛!"

老公插嘴说道。诸井友代厉声说道:"少啰唆!"

"与其说警方是在怀疑他,倒不如说我们是想明确他与本案无关……"

"好,那您先进屋吧。"

说着，她把我带去了进门右边的榻榻米房间。

"老公，泡点茶！"她朝走廊喊道。老公回了一句："马上就来！"我忙道："您别费心张罗了！"随即切入正题。

"十七日上午十一点，您去'里乐奢处'要了个一小时套餐对吧？"

"对。"

"当时为您按摩的是芝田先生吗？"

"前三十分钟是他按啊，然后换了个叫田川的新人按了二十分钟，最后十分钟再换回芝田先生。还是他的技术好呀，跟新人真是一个天一个地。"

这和我刚才在"里乐奢处"搜集到的证词完全吻合。诸井回答时的态度坦坦荡荡，不像是在撒谎的样子。也就是说，芝田的不在场证明成立了。莫非他真的不是凶手？

"哎，你们调查芝田先生，到底是为了哪个案子呀？"

诸井友代一脸八卦地问道。

"实在抱歉，我不能泄露搜查机密……"

"不会是那个钢琴老师的案子吧？"

我惊讶地望向她的脸。她顿时笑开了花，说道："我就知道！"

"……您是怎么猜出来的啊？"

"因为我经常在'里乐奢处'看到她呀。她长得挺漂亮的，所

绝对不在场证明

以我记得很清楚。一看到新闻节目里放出来的照片,我就想:啊,是她!"

多么可怕的记忆力与第六感啊。

"我猜啊,那老师搞不好是跟人争风吃醋过了头。"

"争风吃醋?"

听她突然说出这么一句话来,我大吃一惊。

"对啊,芝田先生不是很帅吗?冲着他去的女顾客可多了,我也是其中之一。说不定那个钢琴老师也迷上了芝田先生。其他女顾客看不过去,就把她杀了。"

"您有没有具体的怀疑对象啊?"

"那倒没有……"

"您觉得芝田先生跟钢琴老师之间存在男女关系吗?"

"这我哪儿知道呀。就算有,芝田先生应该也不会太认真的。"

"为什么啊?"

"因为他是妻管严啊。他老婆可有钱了,'里乐奢处'的开业资金好像也是他老婆赞助的呢。"

芝田的妻子很有钱,他在老婆面前抬不起头来……

我心想,这就是芝田的动机!要是芝田出轨老主顾河谷敏子,对方要求他与妻子离婚,然后和自己结婚呢?一旦跟妻子摊牌,他就会失去按摩店,流落街头。于是他便横下一条心,决定杀了敏子……

诸井友代好像完全没考虑过"芝田亲自动手"的可能性。这大概是因为她认定芝田有"在店里给客人按摩"的不在场证明吧。

芝田是有不在场证明没错,但与此同时,他也有动机。我向她道了谢,起身告辞。

※

接着,我再次造访纯子的工作单位——"Noire"酒吧。而且我特意在半夜十二点多去的,酒吧刚打烊。大半夜的,我到底在干什么啊?我都不知道该怎么说自己了。

"不好意思啊,我们已经打烊——哎呀,这不是上次来过的警官吗?"送走最后四位男顾客后,穿着和服的老板娘看到了我,"这么晚了还在工作呀?"

"我还有些问题要问纯子女士。"

"警方还在怀疑她呀!"老板娘撇着嘴说道。

"至少……我不认为她是凶手。"

"啊?这话是什么意思?"

"能麻烦您叫她过来一下吗?"

老板娘默默点头,把纯子叫了过来。穿着白色长裙的她走到我跟前,带着紧张的神色抬头看我。

"十七日早上就寝之前，您有没有吃过什么东西？"

"我喝了点葡萄酒……我有睡前喝一杯的习惯。"

"只喝了点酒吗？"

"嗯，怎么了？"

"那酒有没有可能被人下了安眠药？"

"安眠药？谁会做这种事啊……"

"本案的真凶。我认为您是被诬陷的。"

"啊？……"她瞠目结舌。过了好一会儿，她才低声说道："谢谢……可是真有人要给我下药，也得先溜进我家才行啊。我没把备用钥匙给过任何人，又有谁进得来呢……"

"您真的没给过备用钥匙吗？"

"嗯，谁都没给过。"

"下班回家的时候，家里有没有外人闯入的痕迹呢？"

"也没有啊。"

先不管真凶是怎么溜进去的，当务之急是把酒瓶送去检验。

"您一会儿下班以后有什么安排吗？"

"没有啊，我准备直接回家的……"

"那我可以去您家借用一下那瓶葡萄酒吗？"

"……现在吗？"

"对不起，我也知道这个时候上门叨扰太荒唐了。但我想尽快查一查那瓶酒里有没有安眠药。现在去取的话，明天一早就能让科学搜查研究所的朋友做检测。搜查本部的大多数人都认定您是头号嫌疑人，所以我必须尽快证明您其实是被真凶陷害的！"

犹豫片刻后，纯子貌似下定了决心，点了点头。

"……好。可以请您在这里等十五分钟吗？我去换个衣服。"

说着，她便转身走回了店里。

深更半夜，我在酩酊大醉的行人来来往往的街上默默等候。一整天的疲倦汹涌而来。心中分明有一个小人在低语，你是不是傻啊！但我置若罔闻。

十五分钟后，纯子出来了，一分钟不早，一分钟不晚。她穿着一件驼色的秋装外套。老板娘也跟了出来。

"警官，你真是个好人呀！下次找个休息天来我们店里坐坐嘛，我给你打对折呀！"

"不用不用，这样算'设宴招待'，是犯法的呢……"我苦笑着婉拒了。

纯子拦下一辆出租车，我们一起坐进车里。在开往须崎町的一路上，我们都没有说话。司机隔着后视镜，向我们投来好奇的目光。

纯子让司机把车停在离她家有百来米远的地方。她平时一个人住，大概是不想让司机知道她家的具体位置吧。我本想付车费，但纯子说："我有老板娘给的打车券。"然后把券递给了司机。

出租车开走后，我们沿着鸦雀无声的夜路走了一会儿。走到纯子家门口时，我说："我就在门口等吧。"纯子开门进屋，片刻后便提着一个塑料袋出来了，酒瓶就装在里头。我道了谢，接过袋子。

"……要进屋喝杯茶吗？"

纯子轻声问道。我犹豫了一会儿，还是拒绝了。因为直觉告诉我，要是答应了她，我怕是会走上一条不归路。

互相道过晚安后，我便独自踏上了深夜的归途。

※

第二天早晨，我在去片区警署的搜查本部之前拜访了一位在县警的科学搜查研究所工作的朋友。我把那瓶酒交给他，恳求道："帮我加急检查一下，看看里面有没有安眠药！"

"喂，这是什么东西啊！"朋友目瞪口呆。

"反正你赶紧帮我查一查吧！"

"你干吗不直接拿去科搜所啊？不会是什么见不得人的东西吧？"

"不是来路不明的东西，只是我急着要结果。"

"我们那儿有好多东西等着做检测呢，你得排队啊。"

见朋友迟迟不肯点头，我只能威胁他，如果不答应我，我就把他当年的糗事都抖出来。但他要是帮我插队，我就请他吃晚饭，东西随便他点。朋友负隅顽抗："哪有你这么当警察的啊！"但他最后还是屈服了。

就这样,我度过了心神不宁的一天。到了傍晚,朋友打电话到我的手机上说:

"酒里没有安眠药啊。"

"真的吗?"

"真没有啊。"

"……这样啊,谢了。"

"喂,说好要请我吃晚饭的,东西随便我点,你可别忘了啊!"

"……嗯,你先想想要吃什么吧。"

我的心顿时凉了半截,但很快便重新振作起来。因为那瓶酒里没查出安眠药,并不等于纯子喝的酒里没有安眠药啊。也许凶手在她喝过之后拿走了下了药的酒瓶,换了一瓶没做过手脚的。且慢,有些款式的葡萄酒比较难买到一样的,所以凶手说不定是把下了药的酒倒了,把酒瓶仔仔细细洗干净以后,再倒入等量的另一种葡萄酒。纯子又不是专家,只要找味道相似的款式,纯子肯定尝不出两者的差异。

然而,我不知道自己该如何证明凶手做过这些小动作。更何况,我压根就不知道凶手是怎么溜进纯子家的。

我该如何证明她的无辜呢?怎么样才能找到她那"失去的不在场证明"呢?

忽然,"美谷钟表店"在我的脑海中闪过。情况紧急,分秒必争。即便再难为情,也只能求助于时乃了。

5

"……就是这么回事。我想破了头，也没想出个头绪来。犹豫了半天，还是决定来找你帮忙……"

"感谢您对本店的关照，"时乃微微一笑，"时针归位——纯子女士的不在场证明已经找到了。"

我整个人都蒙了，呆呆地望着她。

"这就找到了？"

"嗯，顺便也揪出了真凶，"时乃轻描淡写道，"正如您所推测的那样，我也认为纯子女士被人下了安眠药。您对下药手法的推测应该也没错。既然纯子女士在十七日早晨就寝前除了葡萄酒没吃过其他东西，那么凶手肯定是在酒瓶中下的药。问题是，凶手是如何溜进屋里的呢？纯子女士都说了，她没给过任何人备用钥匙。如果她所言属实，照理说是没人能闯进她家的。"

"对啊，我也被这一点困住了。"

"但纯子女士和您都忘记了唯一有可能溜进她家的那个人。"

"啊？谁啊？"

"她的姐姐，敏子女士。纯子女士的家原本也是敏子女士的家，所以敏子女士当然是有钥匙的。"

"话是这么说……可……不对啊，敏子是被害者啊！为什么她要给纯子下安眠药啊？"

"因为敏子女士是凶手的共犯。"

"共犯?"

"嗯,凶手先让敏子女士当他的共犯,利用完之后却背叛了她,杀害了她。不,也许我们应该这么说——凶手从一开始就打算杀害敏子女士,只是在行凶之前先让敏子女士扮演了共犯的角色罢了。"

事态的发展太过出人意料,让我大跌眼镜。

"于是问题来了。凶手究竟为什么要给纯子女士下药呢?"

"还能有什么原因啊……肯定是因为他不能完全排除纯子那天偏偏不睡的可能性啊。要是她没睡觉,出门去了,还被人撞见了,她就有不在场证明了,没法背黑锅了啊。所以凶手才要给她下药,确保她在行凶时睡着。"

"凶手的确有这方面的用意,但只是为了确保她在行凶时睡着的话,安眠药的量是不是太多了点呢?纯子女士从早上六点多一直睡到半夜十二点不到,这一睡就是将近十八小时。如果只是为了确保她在行凶时不出门,这剂量未免也太大了。也许凶手还有别的目的。"

"别的目的?"

"嗯,您不妨回想一下纯子女士提起过的,她在十七日那天做的梦。"

整个人飞到天上啦,整张脸被人摸来摸去啦,身子被人按住啦,被关进黑漆漆的洞窟啦……就是这样的梦。

"我没有像解梦的占卜师那样诠释这些梦的象征意义,而是站在非常现实的角度进行了分析。飞到天上的梦,是不是反映出了'纯子女士的身体被人搬来搬去'呢?是不是因为凶手把昏睡状态的她搬去了别处,所以她才会梦见自己飞上了天呢?

"第二个梦的内容是'整张脸被人摸来摸去'。身为女人,这句话会让我立刻联想到化妆。因为涂抹面霜的时候,手就是在'摸'脸呀。"

我不禁望向时乃那张神似小白兔的脸蛋。看起来实在不像是化过妆的样子。

"你的意思是,纯子被人抬了出去,还化了妆?这算怎么回事啊?"

"那就再分析分析第三个梦吧。'身子被人按住'——这句话会不会让您产生某种联想呢?"

我恍然大悟。

"是按摩吗?!"

时乃嫣然一笑,点头说道:

"没错。而且和这起案件有关的人里,的确有一位按摩技师。他就是'里乐奢处'的店长,芝田和之先生。纯子女士做的梦是不是从侧面体现出,有人趁她昏睡不醒的时候把她抬了出去,给她化了妆,带她去了'里乐奢处',又给她做了按摩呢?我觉得凶手就是为了防止她在这个过程中苏醒,才给她下了大剂量的安眠药。而且有条件做这些事情的人，当然也只有店长芝田先生。"

"可芝田为什么要这么折腾她啊？我真的想不通啊。"

"您也怀疑过芝田先生对不对？但他有不在场证明，所以您只能作罢。也许芝田先生之所以对纯子女士做那些事，就是为了给自己伪造不在场证明。"

他要怎么伪造……话都到嘴边了，脑海中却是灵光一闪。

"啊！他让纯子在'里乐奢处'当了敏子的替身是吧！"

"没错。那就让我们从头梳理一下这起案件吧。在案发前一天，也就是十六日的晚上，芝田先生趁纯子女士去酒吧上班时溜进她家，在葡萄酒里加了安眠药，或把家里的酒换成了提前做了手脚的酒。

"十七日午夜一点不到，纯子女士回到家中。她喝下葡萄酒，在六点多就寝。受安眠药的影响，那天的她睡得格外熟。

"芝田先生算准纯子女士就寝的时间，溜进她家，把熟睡状态的她抬进车里。您刚才说，纯子女士家是独门独院的房子，客厅设有垃圾口，而且旁边就是车棚。所以只要把车停在车棚里，再通过垃圾口把纯子女士搬上车，就不会有被人撞见的危险了。再加上那栋房子跟左右两边以及后面的人家之间隔着高高的围墙，风险就更低了。

"把纯子女士弄上车以后，芝田先生开车前往敏子女士家所在的公寓，把车停在停车场，然后把敏子女士叫出来，让她给熟睡状态的妹妹化一套跟自己一样的妆。毕竟是亲姐妹，长得本来就像，又是敏子女士亲自上阵，想必化完妆以后，纯子女士肯定是跟姐姐一模一样的。作为共犯，敏子女士要完成两项重要的任务：第一是提供纯子女士家的钥匙，第二是给妹妹化妆，把她打扮得跟自己一模一样。"

"听芝田提出这样的要求，敏子就不觉得奇怪吗？"

"要是敏子女士正如您所猜测的那样，要求芝田先生跟妻子离婚，另娶她为妻呢？也许芝田先生告诉她，他想出了一个除掉妻子的计划。他可能是这么骗敏子女士的——我是想跟你结婚的，你能不能帮我除掉我老婆啊？要实现这项计划，就得给你准备好不在场证明。不如给你妹妹下药，让她睡着，然后你再把她化妆成你的样子，假装你在我们店里做按摩，这样你就能趁机干掉我老婆了……"

说到这儿，时乃的脸上多了几分阴霾。

"……化完妆以后，芝田先生把纯子女士留在车里，跟敏子女士一起上到六楼，进了她家，在琴房杀害了她。行凶时，他特意将敏子女士的后脑勺一次次撞在三角钢琴的边角，最后还用窗帘的流苏挂穗勒了她的脖子。这正是为了让警方确定，敏子女士是在琴房遇害的。敏子女士认定自己是芝田先生的共犯，怕是做梦都没想到自己会死在他手上吧。这应该是上午九点多发生的事情。"

法医推测的死亡时间是上午九点到正午，所以被害者在九点半之前遇害也是完全有可能的。

"接着，芝田先生带着依然处于昏睡状态的纯子女士，开车前往'里乐奢处'。当时店还没开门。他把车停在旁边的停车场，然后把纯子女士搬进了店内的单间。店开在大楼的底层，的确存在被行人撞见的风险，但他可能想了点办法，比如把人装进原本用来装按摩器具的大号纸板箱，放在手推车上，假装成搬运器具的样子。那时员工田川先生还没来上班，所以不用担心被他看见。下一步就是脱下纯子女士身上的睡衣，假装她在做按摩。等田川先生来了，芝田先生大概是这么说的：'河谷女士等不及开门就早早地来了。'从十点到十点半，芝田先生把睡着的纯子女士关在单间里，造成她在做按摩的假象。从十点半开始，他又派新来的田川先生去给纯子女士按摩了二十分钟。"

我忽然想起了田川的证词："那天河谷女士睡得可香了，大概是我按得很舒服吧。"

"在做按摩时睡着的客人好像还挺多的，所以田川先生也没有起疑心。由于纯子女士化了妆，他认定自己服务的客人是敏子女士。最后十分钟，芝田先生进来换班，趁机把纯子女士藏在了单间的床下面，因为床单一直垂到地，所以没有人会发现藏在下面的纯子女士，然后再演一出'送走敏子女士'的戏。您说'里乐奢处'是没有专职接待员的，田川先生又在另一个单间服务别的客人，所以完全不用担心被识破。

"在那之后，芝田先生一直在店里给客人按摩，直到法医推测的死亡时间的下限。如此一来，顾客和田川先生都能证明他那段时间一直在店里。而三角钢琴的边角形成的伤又将案发现场锁定在了敏子女士家的琴房，所以'芝田先生在按摩店行凶后再将遗体搬回家中'的可能性也被排除了。于是乎，芝田先生的不在场证明就成立了。

"在那段时间里，昏睡状态的纯子女士一直被藏在单间的按摩床下面。她做的最后一个梦——'被关进黑漆漆的洞窟'，反映的就是她当时的状态。

"当天夜里打烊后，芝田先生给纯子女士卸了妆，帮她重新穿好睡衣，把她送回家里。他还故意把敏子女士的血抹在纯子女士的手和睡衣上，让她误以为自己的梦游症发作了。当时距离凶案发生已经有好几个小时了，如果不做些手脚，血液必然会凝固，所以芝田先生应该提前在血里加了有抗凝血作用的柠檬酸钠。当然，这么做有一定的风险，要是警方对血迹进行检验，就有可能查出柠檬酸钠，但芝田先生推测，纯子女士肯定会把手洗干净，并且扔掉睡衣。制造血迹的小动作纯粹是为了在心理层面对纯子女士进一步施压，让她表现得更像凶手。大概是敏子女士告诉过他，妹妹患有梦游症。

"总而言之，芝田先生的行凶计划有两个重要的步骤：第一，在纯子女士陷入昏睡的时间段行凶，于是她就没有了不在场证明，更容易被嫁祸。第二，利用昏睡的纯子女士让警方误判敏子女士的死亡时间，为自己制造不在场证明。对他而言，遗体的发现时间是越晚越好的，所以他特地挑选了敏子女士的学生不会上门的日子——也就是没有钢琴课的日子行凶。"

※

　　芝田就此落网。警方在"里乐奢处"单间的按摩床下面发现了纯子的指纹，证明她的确曾被安置在那里。我们以此为突破口严加审问，终于换来了他的供述。

　　他的行凶动机正如我所料。敏子与他有婚外情，要求他与妻子离婚，跟自己结婚，于是他便决定除掉敏子。作案手法正如时乃所推理的那样，连细节都分毫不差，这让我不由得对她的能力产生了几分敬畏。和她交往的男人怕是得做好"什么都瞒不过她"的思想准备啊。

　　顺便一提，我与纯子的关系并没有更进一步。因为我得知，她已经有了意中人。不过这又是另一个故事了。

第 5 话

钟表店侦探与爷爷的不在场证明

1

今天是阔别已久的假日，不用值班。家里脏乱差得实在没法看，逼得我搞起了大扫除。到这儿还算天下太平，谁知在打扫的过程中，我没控制好力度，一不小心碰掉了墙上的挂钟。

急急忙忙捡起来一看，时针已经不动了。我还以为是电池接触不良，便拆了重新装上，可时针还是纹丝不动。看来是落地的时候碰坏了。毕竟是便宜货，容易坏也是没办法的事情。

我本想，要不就干脆不用挂钟了。可就在这时，"美谷钟表店"浮现在我的脑海中。去那家店买个新的挂钟吧——于是我便出门去了。

十二月的晴空蔚蓝一片，空气中却透着些许凉意。我怀着莫名兴奋的心情，朝钟表店走去。

穿过鲤川站的跨线桥，来到车站的东口。走进信用合作社与小钢珠店之间的入口，来到鲤川商店街。

夹在照相馆和肉铺中间的小店，"美谷钟表店"映入眼帘。门面大概一间半宽。木质外墙看起来相当古旧。

推门进屋，传入耳中的便是丁零零的钟声。

"哎呀，欢迎光临！"

在柜台后对着工作台忙活，穿着一身工作服的年轻女子回过头来，面露微笑。她就是店主美谷时乃。

她平时总是拿着修表用的螺丝刀，今天手里却拿着抹布。放在工作台上的也不是钟表，而是一个形似木盒的东西——底面呈梯形的四棱柱。她好像正在用抹布擦那个木盒。那到底是什么东西啊？

"你好，今天我是来买钟的。"

"多谢惠顾。"

时乃鞠躬道谢。我根据她的建议选了一个挂钟。这还是我第一次在这里买"该在钟表店买的东西"。之前的四次都委托她帮忙推翻不在场证明了。

就在时乃包装挂钟的时候，我对工作台上的木盒越发感兴趣了，偷瞄了好几眼。时乃大概是察觉到了我的小动作，莞尔笑道：

"那是我爷爷在我上四年级的时候做的。他特地买了木板回来，在忙完工作以后用锯子锯开，再钉钉子，最后组装成这个样子。"

"那是什么东西啊？"

"我当时也很纳闷，就问了爷爷。爷爷告诉我，'那是转动时间的工具哟'。"

"转动时间的工具？"

他是说，那个木盒是座钟吗？只要把钟表的机械结构装进木盒，再在盒子的某个侧面挖个洞，改造成有时针和分针的表盘，倒是真有几分座钟的样子。

不对啊,用"转动时间的工具"来形容钟表,难道不会很奇怪吗?因为时钟并不是"转动"时间的东西,而是"计量"时间的东西啊。更何况,木盒里并没有装表芯,可见它绝对不是钟表。

就在我陷入沉思的时候,时乃把挂钟包好了。我付了钱,接过钟。这时,她开口说道:"要是您愿意,不妨喝杯茶再走吧?"

"不会妨碍你工作吗?"

"今天基本不会有客人上门的,而且我刚好想喝点茶呢。"

"那我就恭敬不如从命了。"

时乃走去里屋,然后端着托盘回来了。托盘上放着茶壶和茶杯。她将其中一个茶杯摆在我面前。杯中的液体呈淡雅的浅绿色,散发着难以名状的幽香。我说了句"多谢",喝了一小口。温润的滋味在舌尖缓缓扩散。每次在这家店喝茶,我都不由得感叹,时乃用的茶叶是真的好。我们就这样隔着柜台,面对面喝着。

"转动时间的工具"的确勾起了我的兴趣,不过我更想问另一个问题——这个问题已经在我心中酝酿许久了。

"你的爷爷是怎么教你推翻不在场证明的啊?"

虽说时乃的过人本领仅限于"推翻不在场证明",可远超搜查一课警员的推理能力究竟是怎么来的呢?

"他总是给我出一些和不在场证明有关的推理题,等我解出来了,他再详细讲解推翻不在场证明的着眼点和思路什么的。有时候他还会亲自示范给我看呢。"

"怎么个示范法？"

"就是他会亲自示范伪造不在场证明的手法给我看。当然，这仅限于在不犯罪的前提下可以实现的情况。"

从某种角度看，时乃接受的是相当了得的精英教育啊。

"你父母就没说什么吗？"

爷爷，别教孩子这些奇奇怪怪的东西啊——我总觉得当家长的应该会这么抱怨的。

"我的父母在我上幼儿园的时候去世了。"

"原来是这样啊……"

"我父亲不喜欢钟表店的工作，很早就下定决心不继承家业了。他在一家商贸公司工作，平时也住在东京。在我上大班那年，幼儿园办了一场需要在外面过夜的活动。就在那天晚上，我的父母双双遭遇车祸……爷爷是我仅剩的亲人，所以他就把我接回来了。"

"对不起，让你想起了伤心的往事……"

时乃微笑着说："没关系，您不用介意的。"

匠人脾气的爷爷有些顽固，但他打心底里疼爱时乃。父母去世前，时乃一直住在高层公寓里，所以爷爷的钟表店让她觉得分外新鲜，毕竟居住空间就在店的后面和二楼。她平时总是坐在钟表店的角落，一边看爷爷修理钟表一边玩。商店街的大人们也都很疼她，所以她完全没有孤单寂寞的感觉。

不久后，时乃对修理钟表产生了兴趣，缠着爷爷教她。可祖父愣是不点头，说"干这差事得有耐心啊……"，不过他最后还是拗不过孙女的反复央求，开始一点点教她了，脸上分明带着几分欣喜。

时乃还发现，店里贴着一些广告。认识的字多了，她便意识到广告上写的是"本店承接钟表维修"和"代客推翻不在场证明"。"承接"是"做"的文雅说法。"代客"就是"代替客人"的意思。钟表匠帮人修理钟表再正常不过了，可是帮客人推翻不在场证明又是怎么回事呢？

"不在场证明"这个词她是知道的，因为探案题材的动画片里经常提到它。它的意思是，在案件发生的时候，凶手不在现场，而在另一个地方。动画片里的登场人物总把"我有不在场证明"挂在嘴边。他们明明在案发现场，却用某种方法假装自己在别处。而"推翻不在场证明"，说白了就是识破他们使用的方法。

为什么店里会贴着写有"代客推翻不在场证明"的广告呢？被时乃这么一问，爷爷微微一笑，回答："因为我会帮客人推翻不在场证明啊。"

"啊？为什么爷爷要推翻不在场证明呀？爷爷是名侦探吗？还是刑警呀？"

爷爷笑道："爷爷既不是名侦探，也不是刑警。"

随后他便说，推翻不在场证明是钟表匠的天职。

绝对不在场证明　159

"你想啊，在探案题材的动画片里，有不在场证明的人都是一边看表一边说，'我几点几分在哪里'，不是吗？有不在场证明的地方就有钟表。既然是这样，那钟表匠不就是解决不在场证明问题的最佳人选吗？"

"嗯……总觉得怪怪的……"

"哈哈，是吗？不过啊，真的有客人委托爷爷破解不在场证明哟。"

"比方说？"

"你记不记得有位客人每次来店里都愁眉苦脸的？"

时乃想起来了。的确有位男顾客时不时皱着眉头走进店里，找爷爷商量事情。他既不买表，也没让爷爷修表或换电池，所以时乃一直很纳闷他是来干什么的。敢情那是委托爷爷推翻不在场证明的客人啊。

"莫非那位找你爷爷推翻不在场证明的客人……是刑警吗？"

听到这儿，我插嘴问道。如果是，那他就是我们县警搜查一课的老前辈了。

"嗯，他的确是刑警。还有推理作家时不时来找爷爷商量，说编辑指出他构思的不在场证明伪造手法有漏洞，眼看着截稿日将近，却怎么都想不出弥补的办法，于是来让爷爷帮着出谋划策。听完爷爷给出的好办法，他就欢天喜地地回去了。"

推理作家？到底是谁啊……

时乃对爷爷说,她也想试着推翻不在场证明,她也想帮爷爷的忙。就跟她提出要学钟表修理的时候一样,爷爷起初也是不肯答应,但很快便改了主意,开始指导孙女了。指导的方法是给她出题——都是些关于不在场证明的简单谜题,小学低年级的小朋友也能破解。

"他出过什么样的题给你啊?"我问道。

"什么样的都有……"说到这儿,时乃扑哧一笑,"对了对了,他当年用一个很有意思的方法伪造过不在场证明,我讲给您听听吧。"

我自是求之不得。我说我非常愿意听,时乃便嫣然一笑,为我重新泡了一杯茶,走回柜台后面娓娓道来。

2

事情发生在时乃上四年级的那一年。

六月十日,星期一。这一天刚好是"时间纪念日"。为了纪念日本人在格里高利历六七一年六月十日首次用名为漏刻的水钟与鼓钟报时,人们在一九二〇年设立了这个纪念日。不仅如此,这一天还是爷爷的生日。爷爷总是以自己的生日为荣,说"这是跟钟表匠最相称的日子"。

时乃做了晚饭，爷爷则去商店街的"得利斯西点店"买了巧克力花式蛋糕。正如预订时要求的那样，蛋糕表面是用奶油画的表盘。

爷爷把时乃做的饭菜扫荡干净，边吃边夸"好吃！好吃！"。吃过蛋糕以后，时乃送上用包装纸包好的礼物。爷爷喜笑颜开。

"是手帕呀！爷爷好开心啊……这就用起来！"

爷爷拿出他用了好多年的尼康胶片机，拍了好几张照片。

就在两人一起收拾碗筷的时候，爷爷神神秘秘地说：

"对了，爷爷又想出了一道破解不在场证明的题，要不要试试看呀？"

"好啊好啊！"

"那爷爷明天就给你出题。"

"不能现在说吗？"

"这道题啊，跟之前的不一样，不是用嘴说的——爷爷会亲自扮演犯人的角色哟。'犯罪现场'就是这间屋子。爷爷会准备好不在场证明，体现出爷爷在'犯案时间'待在离家很远的地方。现在搞肯定是不行的，明天再说吧。反正明天是星期二，不用接待客人。"

"啊？爷爷要扮演犯人吗？"

"爷爷不会真的干坏事的啦。我们店里不是有个表盘上画着马车的挂壁摆钟吗？爷爷明天白天会出门去，然后在下午三点二十五分偷偷回来，让时钟的指针刚刚好停在那个时刻。也就是说，让钟停下不走就是爷爷的'犯罪行为'，而挂钟停摆的三点二十五分就是'犯案时间'。但是啊，爷爷能证明自己那时身在离家很远的地方。"

"怎么证明啊？"

"这个啊，要先保密。"

"而且还得想个办法确保爷爷的'犯罪行为'真的发生在三点二十五分吧。因为爷爷可以再早一点回来'犯罪'呀。"

"也是，要不我们这么办吧。你平时都是三点多放学回来的对吧？爷爷会提前准备好点心的。你就上二楼把点心吃了，做会儿作业。到了三点二十分，你再下到店里，确认摆钟还在走，然后再回二楼。到了三点半，你再下来一趟。到时候你就会看到，摆钟的指针停在三点二十五分。这样你就能确定钟是在三点二十分到三十分之间停下的了，那十有八九就是三点二十五分嘛。"

"哇，好像很有意思啊！"

时乃越想越兴奋。

❋

第二天是星期二。美谷钟表店每周都是在这一天休息。祖父为时乃准备了早餐，有米饭、纳豆、味噌汤和沙丁鱼串。然后便拿起一本关于破解象棋残局的书，随意翻看起来。

时乃乖乖上学去了，可她一直惦记着爷爷伪造不在场证明的方法，连课都没怎么听进去。下午三点多，她放学回家一看，钟表店的店门兼住家的玄关是锁着的，于是她便掏出书包里的钥匙，开门进屋。

正如爷爷昨天所说的那样，他出门去了。走到比店面更靠里的起居室，只见桌上放着她爱吃的御手洗团子[1]。旁边有一张便条，上面写着："点心拿去二楼吃。记得三点二十分和三十分各下楼一次，看看摆钟是不是还在走。"于是时乃就拿着装有团子的盘子和便条上了楼，进了她的小房间。

她一边盯着书桌上的唐老鸭座钟，一边吃着点心，只是总也静不下心来，最喜欢的团子仿佛都没了滋味。一到三点二十分，她便下楼去了。无论是表盘上画着马车的壁挂摆钟，还是店里琳琅满目的各种钟表，都指着三点二十分。钟摆左摇右晃，咔嗒作响，没有要停下的迹象。确定钟在走以后，她就回二楼去了。

然后她便在房间里跟唐老鸭大眼瞪小眼，直到三点半。当她再次下楼看到那个摆钟时，她着实吃了一惊。

钟摆不动了，指针指着三点二十五分！

一定是爷爷偷偷回到店里让钟停摆，然后又出去了——爷爷已经完成了他的"犯罪行为"。他会拿出怎样的不在场证明呢？时乃怀着焦急的心情等候爷爷归来。

爷爷是四点多回家的，还带回了在钟表店左边的"寺田精肉

---

[1] 一种传统的日本甜食，涂有甜酱油的烤麻薯球。

店"买的可乐饼。时乃可爱吃了。

"看到爷爷的'犯罪成果'没？"

"嗯，看到啦。真的停在三点二十五分了。那就是爷爷的'犯案时间'对吧？"

"没错。可是啊，爷爷有那段时间的不在场证明哟，"爷爷从包里掏出他钟爱的胶片机，"那个时候啊，爷爷刚好在别的地方，用这部相机拍了照片。"

"啊？是吗？"

"这就去二宫那儿把照片洗出来吧。"

"二宫那儿"指的是钟表店右边的"二宫照相馆"。那家店的老板是爷爷的棋友，两人要好得很。于是时乃便跟爷爷去了照相馆。爷爷把胶卷递过去，说道："帮忙插个队洗一下啦。"老板绷着脸说："插队？开什么玩笑，我很忙的好不好。是时乃的照片吗？"

"差不多吧。不过照片上也有我就是了。"

"真拿你没办法……我洗好了就给你们送去吧。对了，我听说你最近在练俯卧撑？都一把年纪了，还想练成肌肉男不成？下棋赢不了我，就想靠掰手腕赢我吗？"

"要你多管闲事，下次切磋可不让你悔棋了啊！"

吃完晚饭的时候，"二宫照相馆"的老板把洗好的照片送来了。

绝对不在场证明　165

照片基本都是昨天——也就是爷爷生日那天拍的。有时乃做的饭菜、生日蛋糕、时乃送的礼物和爷孙俩的合照。合照是把相机摆在桌上，用定时功能拍的。

最后一张，才是爷爷的"不在场证明"。

一堵焦茶色的墙占据了整个画面。墙上贴着十二片银色的刻度，组成一个圆圈。一长一短两根针在圈里转动……换言之，这是一座以墙壁为表盘的时钟。爷爷笔直站在时钟的右边。双唇用力抿紧，表情好像有些紧张。刻度旁边没有数字，但是能根据时针的位置看出，拍照的时间是三点二十五分——刚好是"犯案时间"。

"这是在'壁钟'跟前拍的吧？"

离钟表店最近的车站是鲤川站，再往南坐一站就是渊屋站。而"壁钟"就在渊屋站的站前广场。广场铺着石板路，点缀着些许树木。在广场的一角，有一堵五米宽、一米八高、十五厘米厚的墙，是车站方面特意设置的，方便大家碰头。"壁钟"就在墙壁的正中央。即便是大人，从"美谷钟表店"走去渊屋站的广场也得三十分钟。

"对呀——"爷爷点头说道。

"所以在时钟的指针上做手脚的可能性已经不存在了。因为爷爷没法自说自话乱动'壁钟'的指针呀。这就意味着照片就是在三点二十五分拍的。问题是，从'壁钟'走回店里需要三十分钟，就算爷爷三点二十五分拍完照立刻赶回来，也得三点五十五分才能到家。就算坐车，也要三点三十五分左右才能到吧。可是钟摆在那之前就已经停下了。"

换言之，爷爷是有不在场证明的。

3

"时乃，你来分析分析？"

爷爷快活地问道。

"首先要怀疑的是，壁钟的照片不是今天下午三点二十五分拍的，而是之前的某天下午拍的。"

"原来如此。不过这张照片是在昨天的庆生会之后拍的哟。你看看底片。"

一看底片，壁钟的照片果真排在庆生会后面。

"所以拍壁钟的时间不可能比昨晚还早哟。"

"拍照片的照片不就行了？"

"照片的照片？"

"是爷爷告诉我的呀。把以前拍的照片放大，然后对着照片拍照，就能隐瞒拍摄时间了。这一次用的就是这招。爷爷把昨晚之前的某个'三点二十五分'拍的照片放大，然后在拍完昨晚的照片之后，对着照片拍照。这样就能把壁钟的照片伪装成昨晚之后拍的了。"

"哦……"

"这张照片有个很奇怪的地方。它没有拍到爷爷的脚下，也看不到爷爷的左手。哪有这么拍人的呀？可它要是'照片的照片'，就能解释通了。因为对着照片拍照的时候，要是把照片的边框拍进去了，那就会当场露馅，所以拍摄范围要比原来的照片更小一些呀。爷爷的脚下和左手大概刚好是挨着边框的吧。所以只拍中间那块的话，就拍不到这两个部位了。"

爷爷面露微笑。

"我们时乃就是聪明。可惜这套推论是站不住脚的哟。你仔细看看爷爷身上的POLO衫，口袋里装了什么呀？"

"……啊？"

时乃连忙凑近照片。只见爷爷胸前的口袋里分明装着——

"……蓝色的格纹手帕。那是我送爷爷的生日礼物啊。"

"没错。所以壁钟的照片不可能是昨晚之前拍的。"

"那就意味着这张照片是今天拍的呀……对了！它是今天拍的没错，但也许不是下午的三点二十五分，而是凌晨的三点二十五分呀？"

爷爷笑道："你没在深更半夜起来过，所以不知道吧。凌晨三点二十五分啊，外头还是一片漆黑呢。根本没法把那个时间拍的照片伪装成白天拍的呀。"

"这样啊……那就说明这张照片的确是在今天白天拍的了。可它真是下午三点二十五分拍的,爷爷就有不在场证明了,所以照片里的钟肯定是做过手脚的。"

"那爷爷是怎么做的手脚呢?"

"我最先想到的是,在冲洗照片的时候故意把底片翻面。这样洗照片,壁钟就是左右颠倒的了,时钟明明指着八点三十五分,看起来却像是三点二十五分。因为壁钟的刻度是没有数字的,颠倒了也看不出来。这张照片是不是今天上午八点三十五分拍的呀?"

"这种可能性也可以排除哟。你看这张庆生会的照片,你身上穿的衣服。"

"……啊,真的啊。米老鼠的朝向是对的。"

在爷爷和时乃用定时功能拍的照片里,时乃穿着印有米老鼠的衣服。照片里的米老鼠面朝右侧,与实际情况相符。

"如果底片翻了面,所有的照片应该都是左右颠倒的,可这张照片并没有。这就说明底片的正反面并没有搞反。"

"这样啊……也是,要想反冲照片,就得请二宫叔叔帮忙呀。"

"谁要找他帮忙啊。他肯定会觉得我欠了他天大的人情,下棋的时候非要我同意他悔棋不可。"

时乃咯咯直笑。就在这时,她想起了爷爷告诉过她的另一种手法。

"是不是用了镜子呀?反冲底片的推论之所以站不住脚,是因为这么冲的话，所有照片都会变成左右颠倒的对吧？那只要想办法让壁钟的照片颠倒就行了呀。要想达到这个效果，用镜子就行了。爷爷是不是用相机拍了镜子里的壁钟和自己呀？"

"这也是不可能的哟。壁钟的照片是从正前方拍的，如果用了镜子，肯定会把相机一起拍进去不是吗？"

"也是啊……"时乃再次陷入沉思，"在照片上做手脚好像是不太可能。也就是说，今天下午三点二十五分，爷爷真的在壁钟跟前——我必须在这个前提下推翻爷爷的不在场证明。"

4

"嗯，然后呢？"

爷爷喜滋滋地反问。

"那就意味着，'爷爷回到店里，在三点二十五分让摆钟停下'这句话是有问题的。爷爷肯定在中间的某个环节做了手脚。"

"嗯嗯。"

"首先，我不能质疑做这件事的人不是'爷爷'。如果爷爷找了别人帮忙，那就不算是破解不在场证明的谜题了。"

"对呀。"

"接下来要质疑的是'三点二十五分'这个时间。说不定，爷爷并不是在三点二十五分让挂钟停摆的。"

"可是你在三点二十分下楼看过，当时摆钟还在走。三点半第二次下来的时候才发现钟不走了不是吗？当然，真要深究起来，你的确不能确定钟刚好是在三点二十五分停的，但'摆钟是在那几分钟时间里停下的'这一点总归是不会有错的吧。"

"也许我不是三点二十分和三点半下的楼。大概我下楼的时间要更早一些。"

"怎么说？"

"爷爷是不是把家里的所有钟表都调快了？店里的钟表和我房间里的唐老鸭座钟，是不是都被爷爷调过了？"

"所有的钟表都被调快了……？"

"嗯。我去上学以后，爷爷把家里的所有钟表都调快了。我以为自己是三点多回来的，其实我到家的时间要更早一些。我才上四年级，还没有手表，所以不知道自己到底是几点到家的。其实我第一次下楼的时间要比三点二十分更早一些。我刚上去，爷爷就悄悄溜进来让钟停下了。然后再打车去站前广场，在三点二十五分站在壁钟跟前拍了照片。"

爷爷连连点头，一脸赞叹的神色。

"所有钟表都被调快了啊……亏你能想到这个办法。不过爷爷要是真的用了这一招，事后就得把所有的钟表再调回来不是吗？店里有那么多钟表，一个个调多费时间啊。爷爷回来以后有工夫做这

绝对不在场证明　171

件事吗？"

"嗯……没有呀……"

"这个点子本身倒是挺不错的。还有没有别的可能性呢？"

"'爷爷回到店里，在三点二十五分让摆钟停下'——下一个要质疑的就是'回到店里'这部分了。"

"你怀疑爷爷没回来啊？不回来怎么让钟停下呢？"

"爷爷之前不是说过，可以用某种机关假装某个地方有人，伪造不在场证明吗？比如提前做好让香烟自动点着的机关，就能制造出'那个地方不久前还有人在'的假象，伪造不在场证明了。爷爷说不定也提前做了个机关，让摆钟在三点二十五分自己停下，这样就能制造出'爷爷在那个时间回到店里停了摆钟'的假象了不是吗？"

"让摆钟在三点二十五分自己停下？怎么个停法啊？"

"摆钟是摆子一停就不走了对吧？我记得爷爷之前说过，要是摆钟挂歪了，摆子就有可能被挂住，到时候钟就不走了，所以摆钟的装法是很有讲究的。爷爷利用的就是这种特性。那个摆钟是挂在墙上的对吧？把钟挂在钩子上的时候不推到底，而是在钟和墙壁之间留出一定的空隙。这样一来，钟就会稍稍往下歪，于是钟摆就会被挂住，不再摇动。爷爷大概是提前在摆钟背面靠下的位置贴了块干冰。有干冰撑着的时候，钟与地面是垂直的，摆子也不会被挂住，所以时针也能正常走动。可是干冰融化之后，钟就会再次朝下歪，于是摆子就卡住了，钟也就停了。至于要用多少干冰，还有钟会在多久之后停下，爷爷肯定提前做了好多次实验，都确认好了。这样就能让钟停在三点二十五分了吧？"

爷爷苦笑道："难得你还记着摆钟不能挂歪，可这套推论好像有点牵强啊。哪能那么精确地让摆钟停在你想让它停的时间呀。"

"嗯……果然是这样啊……"

"爷爷回到店里，在三点二十五分让摆钟停下。"这句话里已经不存在其他可以质疑的元素了。怎么样才能推翻爷爷的不在场证明呢？

莫非关键还是那张壁钟的照片吗？时乃盯着照片，仔仔细细地瞧。

要想推翻"通过照片伪造的不在场证明"，就不能放过照片的每一处细节——时乃想起了爷爷的教诲。光与影的朝向、风向、照片里的人穿的衣服、墙壁上的污渍……每一个细节，都有可能成为突破口。

时乃察觉到了照片的两个疑点——爷爷的脚下和左手没有出现在照片里。也许它们正是最值得关注的"细节"。刚才她通过这两点得出了一项推论，"那是照片的照片"，却被爷爷轻而易举推翻了。但她又觉得，自己的着眼点还不错。还能通过这两点推导出什么呢？爷爷为什么要用这么奇怪的构图拍照呢？

就在这时，时乃灵光一闪。她聚精会神地看着照片……果不其

绝对不在场证明　173

然。为了确定自己的推测，时乃掏出了平时在学校里用的尺子和量角器，量了一量。

"看来你已经发现照片的玄机啦。"爷爷面露微笑。

5

我焦急万分地看着壁钟的照片——那是说到一半的时候，时乃特意拿给我的。

代表十二个整点的银色刻度直接贴在焦茶色的墙壁上。刻度形成的圆圈里，有两根正在走动的针。刻度旁边没有数字，但是可以从针的位置判断出，当时是三点二十五分。壁钟的右边站着一位七十岁上下的老爷爷。他的身材偏瘦小，雪白的头发剃得很短。神情虽然慈祥，却也能看出性子里的那一抹倔强。他就是时乃的爷爷，"美谷钟表店"的前任店主。

正如当年的时乃所说，照片没有拍到爷爷的脚下和左手。这的确很奇怪。可这两点是如何成为突破口的呢？

我之所以着急，是因为我听了时乃的叙述，看了照片，却还是没想通爷爷是如何伪造不在场证明的。他使用的伎俩连小学四年级的小朋友都能立刻识破，我要是破解不了，还算哪门子的刑警啊。

而且时乃明确告诉我，她用尺子和量角器量了照片上的某个东西。给了这么多提示还想不明白，我怕是会对自己彻底失去信心啊。

我绞尽脑汁，拼命思考，总算有了灵感。

"啊！这个钟往右转了对吧？准确地说，是相机往左转了对吧！"

※

"回答正确！"时乃莞尔一笑，"不愧是搜查一课的刑警。"

呃……这可是四年级的小姑娘都能立刻破解的问题啊。这样的夸奖听上去就像是在挖苦我似的……

"壁钟显示的时间其实是两点二十分。爷爷故意把相机往左转了三十度，也就是十二条刻度两两之间的夹角度数。于是照相机拍到的壁钟就相应地往右偏了一格。乍一看，指着两点的时针就好像指着三点似的，而指着二十分的分针仿佛正对着二十五分。由于壁钟的刻度旁边没写数字，表面往右转了也看不出来。只须把相机往左转三十度，时钟显示的时间就会比实际时间晚一小时零五分钟。

"照理说，要是把相机往左转，站在壁钟旁边的爷爷肯定也会同样往右歪，但照片上的他是直直地站着的，并没有歪。这是因为他让身子往左倾斜三十度。壁钟所在的墙占据了整个画面，所以照片并没有拍到墙壁的顶端。这当然是因为顶端一旦入镜，'相机歪了'这件事就暴露了。"

"我还知道你用尺子和量角器确认了什么哟！"

我好歹是搜查一课的成员，说什么都得破了这个不在场证明。为了体现出我也彻底识破了爷爷的伎俩，我插嘴道：

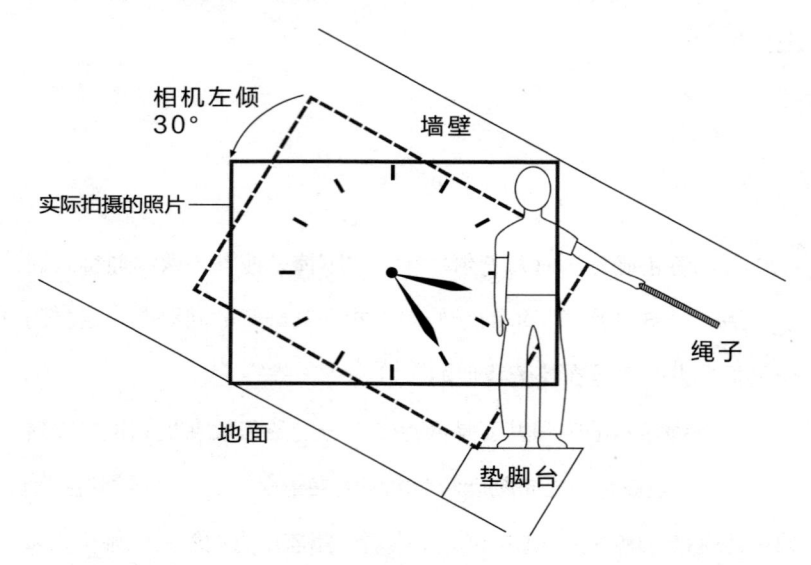

相机左倾30°
墙壁
实际拍摄的照片
绳子
地面
垫脚台

"把指着两点二十分的时钟往右转一格，乍一看就是三点二十五分了，但短针的位置和三点二十五分的不太一样。如果真是三点二十五分，短针应该朝着四点的刻度走了5/12。短针和长针的移动幅度是成正比的，所以长针如果走了二十五分钟，那么短针就只会朝着四点的刻度走25/60，也就是5/12。但要是通过'向右转'把两点二十分的表盘伪装成三点二十五分，那就意味着长针走了二十分钟，于是短针只会朝着四点——其实是三点的刻度走20/60，也就是4/12。换句话说，和真正的三点二十五分相比，短针的位置会出现5/12−4/12=1/12

的偏差。把偏差换算成角度，就是360度÷12÷12=2.5度。你想用尺子和量角器确定的就是短针的偏差吧。"

"是的——"时乃微笑道。

"为了配合左转三十度的相机，你爷爷也把身子往左歪了三十度，可要是没有任何支撑，人肯定是站不住的。而且他站在照片的右边，照理说相机这么转的话，人的位置应该会偏低才对。他是怎么解决这个问题的呢？"

"据说为了防止摔倒，爷爷在他自己左边不远处的树上拴了根绳子，然后用手抓住绳子的另一头。所以照片才没有拍到他的左手。为了不让自己的位置显得太低，他还专门准备了一个倾斜三十度的垫脚台，这就是照片没拍到他脚下的原因。他之所以用力抿住双唇，表情也有些紧张，也是因为他在用力撑住自己的身子。"

"倾斜三十度的垫脚台……？"听到这儿，我才回过神来，"刚才放在工作台上的木箱，就是你爷爷当年用过的垫脚台是吧？他之所以说那是'转动时间的工具'，原来是因为两点二十分能在它的帮助下伪装成三点二十五分啊。"

我把那个形似木箱的东西想成了"梯形的四棱柱"，但考虑到它放在地面时的状态，把它形容为"斜切的四棱柱"才更贴切。

"嗯，爷爷在给我出题的一个多月前做了这个垫脚台。也许正因为我还记得这件事，所以才能答出这道题。'转动时间的工具'应该是爷爷给我的提示。"

"话说照片究竟是谁拍的啊？"

"据说是一对碰巧路过的情侣。那天下午两点多，爷爷来到渊屋站的站前广场，在壁钟跟前支起三脚架，把照相机精确地往左转了三十度，再固定好，然后把垫脚台摆好，把绳子拴在附近的树上，好让自己进入相机的取景框。看到这一幕，有对情侣表现出很有兴趣的样子。爷爷告诉他们，这是为了让孙女吓一跳，他们就欣然同意帮忙了。在两点二十分，爷爷让他们帮着拍了照，随后带着相机、三脚架、垫脚台和绳子，打车回到店里，把东西都收拾好以后，去商店街的咖啡馆打发了一会儿时间，免得撞见三点多放学回家的我。等时间差不多了，再回到店里，在三点二十五分让钟停摆，最后再出去。"说到这儿，时乃扑哧一笑，"去隔壁的二宫照相馆洗照片的时候，二宫叔叔说爷爷最近热衷于做俯卧撑。其实这也是为了锻炼臂力，好有力气抓绳子，不至于摔倒。真不知道该怎么说他才好呀。"

为了给孙女出不在场证明的谜题，爷爷竟会做到这个份上，真是位童心未泯的老先生。这样伪造不在场证明不仅费事，还十分费力。想必对他而言，给孙女出题一定是其乐无穷啊。

刚才我进门的时候，时乃正在用抹布擦拭垫脚台。在她心里，那个垫脚台必定是最珍贵的遗物之一。上门委托她推翻不在场证明的人肯定寥寥无几，可她一直没揭下写着"代客推翻不在场证明"的广告。这也许是因为她想永远永远留住和爷爷的点滴回忆吧。

第 6 话

钟表店侦探与山庄的不在场证明

1

我沿着鲤川商店街全速奔跑。

与我擦肩而过的人们纷纷投来异样的眼光,我却顾不上那么多了。左躲右闪,避让路上的客人,全神贯注往前冲。

现在是下午七点不到。再过一会儿,就会有商店关门了。时间不等人。

老天保佑,一定要开着啊……

胸口好闷,脚也好痛。可即便如此,我还是没有停下。

总算到了。大约一间半宽的门面,饱经岁月风霜的木质外墙——这里是"美谷钟表店"。

上气不接下气的我推开木门。丁零零的钟声扑面而来。

"啊!欢迎光临!"

在柜台后面忙活的店主美谷时乃回头说道,随即露出讶异的神色。

"您这是怎么了?是一路跑过来的吗?"

我喘得太厉害,一时间说不出话来,只能使劲点头。

瞧您累得——说着,时乃走去里屋,端出来一杯水。

"这是矿泉水,不介意的话就请用吧。"

我喘着粗气对她说了声"多谢",咕嘟咕嘟喝了起来,只觉得这辈子从没喝过如此美味的水。

"新年好,今年也请多多关照。"

时乃鞠躬说道。一月底了才拜年的确有点奇怪,不过想想也对,毕竟这是我们过完元旦之后第一次见面。

"……也请你、多多、关照。"

"您这么急急忙忙跑过来,是有什么急事吗?"

"……嗯,是的。有件事无论如何都想请你帮忙,等不到明天了。我怕来晚了店会关门,所以就以最快的速度赶过来了。"

"这样啊!您想让我帮什么忙呢?"

"这一次……还是想请你帮忙推翻不在场证明。"

只要是和钟表有关的工作,这家店便来者不拒——这是时乃的祖父,前任店主制定的经营方针。而"推翻不在场证明",竟然也是"和钟表有关的工作"之一。

"多谢惠顾!"

"不过这次的案件不是在我们辖区发生的……"

我急忙补充道。要是时乃误以为我所在的搜查一课总也破不了案,每次都要求助于她,那可太丢人了。

"是这样的……我趁着放假出去旅游,住了一间民宿,没想到民宿里竟然出了凶杀案。凶手肯定是当时在民宿里的人,但除了一个人以外，其他人都有不在场证明。那个人自然成了当地警方的头号怀疑对象。可是我实在不愿意相信他就是凶手。因为他的年纪还很小，才上初一啊！"

"才上初一吗？"

时乃眨了眨眼，貌似吃了一惊。

"我必须尽快推翻凶手的不在场证明，为他洗脱嫌疑。所以从民宿回来以后，我就立刻赶过来了。"

"赶紧说给我听听吧，请坐！"

我一屁股坐在钟表店的古董沙发上……

2

事情要从两天前说起。一月二十七日，星期六——我造访了坐落在长野县黑姬高原的民宿——"时计庄"。

为了侦查去年十二月初在那野市发生的资本家遇害案，我所在的县警搜查本部搜查一课第二强行犯搜查四组忙得天旋地转。连元旦都只放了两天假，紧随其后的便是没完没了的工作，害得好几个四组和片区的警员累垮了身子。于是大家便根据搜查一课课长的指示，开始轮流休小长假了。我也请了一月二十七日到二十九日这三天假，准备去黑姬高原滑雪。"时计庄"就是我选中的住处。

这座小巧精致的民宿坐落在黑姬山脚下，占地面积大约两百坪[1]，主体建筑分上下两层。民宿本身平平无奇，不过他家的院子里倒是有一道独特的风景——

主体建筑的南侧由两部分组成。一半是停车场，另一半是铺着草坪的庭院，而院子里竟然有一座小小的钟楼。钟楼是个头顶红色尖顶的四棱柱，总共七米高，边长三米左右，墙面刷得雪白。四面墙上分别嵌有圆形的时钟。总而言之，那是一座非常可爱的钟楼，仿佛是从童话故事里蹦出来的。据说民宿的名字也是根据它取的。

客房共有七间，两间在一楼，五间在二楼。我住101号房。这个房间在一楼南侧，位于通往二楼的楼梯西侧。白色的墙壁配上木地板、小号双人床、木质书桌、电视……论设备，这间屋子跟城里的酒店别无二致，但它的面积要大得多。最关键的是，窗外的景色实在太美了。能看到院子里的钟楼不说，马路对面还有一望无际的树林，银装素裹。我所在的县是很少下雪的，所以一见到那么多雪，我就不由得兴奋。

在民宿内走动时可以穿自己的鞋子，也可以换成各自房里的拖鞋。我换了拖鞋。

经营这家民宿的老板和老板娘都是五十五岁上下。老板叫里见良介，老板娘叫万希子。我是在住宿预订网站找到时计庄的，介绍

---

[1] 1坪≈3.3平方米。——编者注

页面上说,老板里见良介在大酒店当过许多年的主厨,所以美食是民宿的卖点之一。

我在附近的滑雪场过了把瘾,然后在下午四点来到民宿的餐厅——因为我听说那个时间段有红茶和蛋糕供应。如果把我也算进去,那天的时计庄共有五人入住。餐厅足有三十张榻榻米那么大,却只有五个客人,难免会显得有些冷清。

"大家要不轮流做个自我介绍吧?"

三十岁上下的圆脸女子开口说道。一看那张脸,就知道她是个很开朗外向的人。

"好啊。"

一个四十五六岁模样,面相和善的男人说道。其他人也纷纷点头。

"既然是我提的,那就从我开始吧。我叫上寺千惠,是公司职员。我听说这边的饭菜特别好吃,就慕名而来了。"

"多谢惠顾。"

正在端茶送水的里见万希子微笑着鞠了一躬。

"我叫野本和彦,也是公司职员。"

面相和善的男人说道。

轮到我了。我说自己是公务员。

第四个自我介绍的是位英气俊朗的少年。

"我叫原口龙平,今年上初一。"

"你是一个人来的吗？"

上寺千惠貌似对这位少年产生了兴趣。龙平点头回答："嗯。"

"喃，才上初一就一个人出远门啦，好厉害呀。为什么要特地来这儿啊？上初中的孩子应该更喜欢去别的地方吧？"

"我奶奶很喜欢这家民宿，只是这几年身体不好，一直没机会。她总是跟我说，等身子养好了，一定要再来住住。可是她去年过世了……所以我就替她来了。"

"那你爸爸妈妈呢？"

"因为工作的关系，我父母都住在国外。我念的是寄宿制初中。"

哎呀，原来是这样啊！——里见万希子很是惊讶，忙问：

"您的奶奶叫什么名字呀？"

"孝子，中井孝子。"

"啊，是中井孝子女士……二十年前我们刚开这家民宿的时候，她就是每年必来的老主顾了。天哪，原来您是那位中井女士的孙子呀……"

说到这儿，里见万希子对厨房里的丈夫喊道：

"老公，中井孝子女士的孙子来了！"

"欢迎欢迎！"

里见良介走出厨房，毕恭毕敬地向少年鞠躬。对老板夫妇而言，那位中井孝子女士一定是一等一的贵客。

"原来中井女士去年过世了啊……是因为生病吗？"

里见良介问道。龙平嘴上答"嗯"，但他开口之前犹豫了那么一瞬间，所以我猜想他奶奶也许并不是病死的。

"太遗憾了……不过有她的孙子替她完成遗愿，我们也是由衷地高兴啊。祝您这几天玩得开心！"

"谢谢。"

"替奶奶完成未尽的心愿……多孝顺的孙子啊！"上寺千惠感慨万千地说，"要是我老了以后也有这么个孙子就好了。不过在那之前，得先找个男朋友呢……"

最后一个自我介绍的男人有一张扁扁平平的脸。

"我叫黑岩健一，也是公司职员。"

他几乎是在小声嘀咕，貌似不太想跟别人说话。

之后，五位住客决定在老板娘的带领下，去院子里参观钟楼。

钟楼和民宿相隔近十米。它没有一扇窗户，只在西侧开了一扇门。

里见万希子一推开楼门，一片空空荡荡的空间便展现在我们眼前。高高的天花板上挂着一颗光秃秃的电灯泡。角落里摆着一台除雪机。楼门没有装锁，不过也没人会特意闯进这种地方偷除雪机，所以老板夫妇也就无所谓了吧。

"为什么要建钟楼呀？"

野本向老板娘提问。

"您知不知道镰仓站西口有座小小的钟楼呀？"

"不知道啊。"

"那钟楼原本建在老站厅的屋顶上，人称'尖帽子钟楼'，深受当地居民的喜爱。不过在一九八四年翻新站厅的时候，钟楼被移到了西口的广场。外子[1]在镰仓的酒店当了好多年的主厨，天天都能见到那座钟楼，非常喜欢，所以在开民宿的时候，我们就在院子里建了这座小钟楼。"

"原来是这样啊。"

"只是这座钟楼长得跟镰仓站西口的不完全一样。镰仓的是把原本在站厅屋顶上的部分摆在了新造的底座上，所以上半部分和下半部分的设计是不同的，人可以从下半部分穿过去。我们家的钟楼打从一开始就设计成了一个整体，下半部分可以当储物室用。"

"开车过来的时候，它也会成为特别醒目的标记呢。"

"嗯，是呀。这也是我们建钟楼的目的之一。"

说着，里见万希子面露微笑。

❋

到了下午五点多，天空中飘起了纷纷扬扬的雪花。雪一直下到七点多，在雪白的地面上铺上了一层新的白色地毯。

---

[1] 妻子对丈夫的称呼。——编者注

从七点到八点半，住客们齐聚餐厅，享用西式全席。除了各种冷菜、面包、土豆冷汤、焖煎鳕鱼和里脊牛排配鹅肝，还有洋梨冰淇淋做甜点，佐餐饮品是咖啡。不愧是以餐食为卖点的民宿，饭菜着实美味。上寺千惠一边嚷嚷"这么吃绝对要胖的"，一边却用叉子不停地往嘴里送菜。

黑岩那张扁平的脸上原本毫无表情，却在晚饭时浮现出了几分感叹的神色。为美味佳肴感动当然不是什么坏事，可他有个相当糟糕的习惯——用餐时，他总喜欢把手中的刀叉搓来搓去。

"原口同学长大了想做什么呀？"

野本一边用刀切菜，一边向少年提问。

"我想当警察。"

"嗬，想当警察呀，真有出息。"野本用赞叹的口吻说道。

我望向龙平那张英气逼人的脸。虽然我不知道他具体想进哪个部门，但是听到小朋友说他以后想从事自己的职业，是个人心里都会有几分欣喜的，没有任何的附加条件。

与此同时，我也察觉到了些许异样。在听到"警察"的那一刹那，黑岩握着刀的手好像突然停了一下。也许他只是觉得龙平的梦想有些意外，吃了一惊，但我又觉得事情好像没有那么简单。

"龙平当了警察肯定特别帅！"上寺千惠眯起眼睛说道。

我中途去了趟洗手间。在回餐厅的路上，刚好遇到了同样准备去洗手间的龙平。我向他表明身份，告诉他我就是搜查一课的，邀请他晚餐后来我屋里聊聊。少年喜出望外。

八点半用完晚餐后，我请龙平到我屋里，在不违反保密条例的范围内，跟他讲了讲怎么样才能当上警察，还有在警校接受的训练以及毕业后的日常工作。少年听得格外认真，两眼放光。

聊得久了，我有些累了，便起身离开沙发走到窗边，稍稍拉开窗帘，望向窗外。由于那晚多云，月亮和星星都没露面，四周一片漆黑，并没有因为地上有雪就亮一些。唯有刷了荧光涂料的钟楼指针散发着淡淡的绿光。如梦似幻的光景让我不由得看出了神。只是室内的灯光反射在窗玻璃上，看不太清楚。把窗户打开就没有这个问题了，无奈天太冷，没法开窗。于是在征得龙平的同意后，我把屋里的灯关了。

在黑暗中散发出绿色微光的指针刚好指着十一点。没想到我们竟然聊了这么久。龙平也走到我旁边，望着窗外。

"咦，那不是黑岩先生吗？"

龙平忽然说道。我定睛一看，果真有个黑色人影从右边走来。虽然光线昏暗，看不清楚，但那张扁平的侧脸显然属于黑岩。走着走着，黑岩貌似停下了，盯着主屋看了一会儿，然后再次迈开步子。

"大半夜的，他跑出来干什么啊？"

"地上都是雪，总不见得是在散步吧……"

就在我们纳闷的时候，黑岩继续往前走，随即消失在钟楼的阴影中，左等右等都不见他出来。莫非他是从钟楼西侧的大门进去了？

"他去钟楼干什么啊？"

"作为警察……我会联想到盗窃啊。"

"可钟楼里只有除雪机啊……"

"不过深更半夜的，没人会特地跑去偷除雪机吧。那东西要点着发动机才能动，可一点着吧，又会发出很大的响声，分分钟就暴露了。"

"也是啊，应该不会出事的吧——我也该告辞了。"

"这就回去啦？"

"嗯，都十一点多了，而且明天还要早起。多谢您分享的宝贵经验，很有参考价值。"

"我才要谢你呢。跟你聊过以后啊，我觉得自己整个人都精神了呢。说不定再过几年，我们就是同行了，好期待在警局见到你的那一天呀。"

龙平对我道了谢，说了晚安，然后就出去了。

我看了会儿窗外的风景。除了刚才的黑岩，并没有第二个人出现在院子里。当钟楼的指针走到十一点十分的时候，我便拉上了窗帘。

也许是因为刚跟一位怀揣着无限梦想的少年聊过吧，我的大脑处于亢奋状态，一时半刻怕是睡不着了。这时，我想起餐厅的酒吧好像会开到午夜零点，于是便决定去喝两杯。我拿起放在桌上的手机。屏幕上显示的时间是十一点十一分。

出房门时，我恰好遇见了正从我房门口走过的野本。野本住

102号房，就在我隔壁，比我那间更靠西。

"我正要去酒吧呢，您也是吗？"

我开口问道。野本点头道："嗯，我看他们有不少稀罕的酒，就想去喝喝看。"

走去餐厅一看，上寺千惠正坐在吧台边的凳子上。老板和老板娘就站在吧台后面。

"哎呀，欢迎欢迎。"

上寺千惠喊道。她一手端着红酒杯，心情貌似很不错。

我们一边喝酒，一边天南地北地聊着。负责调制鸡尾酒的是老板。他的技术简直比专业调酒师还高超，我要了一杯又一杯。螺丝锥子、咸狗、莫斯科骡子……厨艺一流，连调酒的功夫都那么棒。这位老板真是不得了。

"我总觉得那个叫黑岩的人有点怪怪的，"上寺千惠用毫不客气的语气说道，又把话题抛给了老板，"你说是不是啊，老板？"

"呃，没那么夸张吧……"老板露出为难的表情。

"哈哈，对不起对不起。做老板的哪能说客人的坏话呀。不过话说回来，那个叫原口龙平的孩子真是太可爱啦。我要是他的同学啊，早就冲上去啦。"

"他刚才还在我屋里聊天呢。"

听我这么一说，上寺千惠便一声大喊："什么嘛，羡慕死我了！"真是个聒噪的女人。

聊到十一点二十分左右，上寺千惠的手机接到了一通电话。她跟我们打了声招呼说"我出去一下"，然后便走出了餐厅，过了大约十五分钟才回来。

"是我朋友打来的。她之前跟男朋友吵架了，这会儿又和好了，所以来跟我报喜。还跟我秀了半天恩爱，也不替我这条单身狗想想。"

今天初次见面的人突然跟我说这些，我都不知道该说什么才好了。不过也多亏了她，酒吧的气氛才能活跃起来。就连面相和善，表情却很僵硬的野本都被她逗得时不时展露笑容。我们就这样愉快地喝到了午夜零点酒吧打烊，谁知——

3

第二天，一月二十八日。早餐从八点开始。

快到八点的时候，我、上寺千惠、野本和彦和原口龙平在餐厅坐定。黑岩健一还没现身，但八点一到，老板娘就开始上菜了。早餐有蛋卷、香肠、蔬菜沙拉、南瓜汤、吐司、橙汁和咖啡。

"好好吃哟！这个蛋卷真是又松又软！"

上寺千惠赞叹连连。原口龙平表现出了旺盛的食欲，把盘子一个接一个扫荡干净，不愧是正值青春的少年。跟前一天的晚餐一样，早餐也十分美味。这也许是我这辈子吃过的最奢侈的早餐了。

"黑岩先生还没来呀，怎么回事啊……"

过了一会儿，吃完早餐的上寺忽然意识到还有人没来。

"是啊，可能他还没起来吧。"老板娘回答。

"要是他没来，他那份早饭要怎么办啊？"

"我们会等到九点，到点了还没来就撤了。"

"唉——这么好吃的早餐，太浪费了。"

我抬手看表，这都快八点半了。

"我去喊他来吧。"

说着，老板娘走出餐厅，却在片刻后一脸困惑地回来了。

"他不在屋里……"

"不会是去洗手间了吧？"上寺问道。

"可他屋里的床好像也没人躺过……"

听到这儿，我忽然想起自己昨晚十一点看见黑岩走进了钟楼。我一提起这件事，龙平便点头说："是有这么回事。"

"去钟楼？大半夜跑钟楼去干什么啊……"

老板娘一脸讶异。

"我也觉得奇怪，可他总不会是去偷除雪机的吧……"

老板娘把黑岩的事情告诉了身在厨房的丈夫。老板说："我去钟楼看看吧。"说完就往餐厅外面走。不知为何，我竟产生了一丝不祥的预感，决定跟他一起去。

出了餐厅，我才想起自己还穿着拖鞋，便说："我回房间换双鞋。"

"您住101号房对吧？那就从后门出去吧。后门离您的房间更近一些。"

我回到101号房，换了鞋，和等在走廊的老板一起走向位于走廊尽头的后门。

后门前方的地面比走廊低一截，铺着混凝土，地上放着一双长靴。老板换下拖鞋，穿上长靴，推门出去。

屋外白雪皑皑。白色的地面上，印着三排脚印，都是朝后门的左边去的。脚一踩到雪，刺骨的寒气便汹涌袭来，我不禁哆嗦了几下。

三排脚印的尽头都是钟楼。其中一排是从后门走向钟楼的脚印，另外两排印子的"脚"要稍大一些，在后门和钟楼之间走了个来回。

"大一点的脚印好像是我现在穿的这双长靴留下的呢。"

老板如此说道。我对比了他的脚印和雪地上原有的大脚印，果真一模一样。看来大脚印的主人借用了放在后门口的长靴。

我问老板："长靴是几码的啊？"

"26。"

另一种脚印比它小了一圈，所以应该是25码。

26码的长靴脚印在后门和钟楼之间走了一个来回，但25码的是有去无回。这意味着25码鞋的主人还在钟楼中。

在民宿的所有人员中，唯有黑岩至今没有露面。这说明穿25码的人就是他，而且他现在还在钟楼里。

钟楼里应该是没有暖气的。莫非从昨晚到今晨，黑岩一直在冰凉的钟楼里待着吗？我只觉得不祥的预感越发强烈了。

"请您小心避开原有的脚印。"

听到我说出这么一句话来，老板面露惊讶。

"啊？为什么啊？"

"总之请您不要踩到地上的脚印，跟在我后面吧。"

老板一脸的莫名其妙，但还是照办了。

我们朝钟楼走去，与三排脚印保持着数米的距离。穿长靴的人貌似在中途停过，但穿25码鞋的人是径直走去钟楼的，途中没有停过。去往钟楼的长靴脚印在好几个地方踩到了25码鞋子的脚印，这说明穿长靴的人是后去的。

抵达钟楼后，我打开大门一看……钟楼中的灯还亮着。不祥的预感成真了。

黑岩仰面朝天，倒在铺着木板的地上。身旁的老板吓得倒吸一口气，呆若木鸡。我走向黑岩……

黑岩穿着黑色大衣，戴着黑色手套，穿着黑色的鞋子。不远处的地上躺着一个铁哑铃。那东西原本是放在娱乐室的。

我蹲在黑岩旁边，碰了碰他的右臂。尸僵已经相当严重了，身子也凉透了。再看那双瞪大的双眼，角膜已经开始浑浊了。这说明他至少已经死了六小时了。头部有一处凹陷，十有八九是被哑铃砸出来的。

"怎、怎么回事？黑岩先生遇害了吗？"

老板用瑟瑟发抖的声音问道。

"好像是的。"

在普通人面前，我总想佯装平静，然而光是不让自己的声音发抖，就已经耗尽了我所有的力气。我是搜查一课的人没错，但毕竟是刚出道的新人。算上这次，我这辈子总共只见过五具遭到凶杀的遗体。我掏出智能手机，拨打110报警电话。

然后我又用手机拍摄了黑岩的鞋底，对老板说："我们先出去吧。"随即走出钟楼。

我看了看地上的25码鞋印，又看了看黑岩鞋底的照片。两者完全吻合。这排鞋印就是黑岩留下的，不会有错了。那么长靴踩出来的脚印就一定是凶手留下的了。为了不留下自己的脚印，凶手换上了平时放在后门口的长靴，也就是老板这会儿穿着的那双鞋，从后门走去钟楼，事后又走了回来。

穿长靴的人在去钟楼的路上踩到了几次黑岩的脚印，可见最先去钟楼的是黑岩，然后才是凶手。昨晚十一点，我目睹了黑岩前往钟楼的那一幕。在十一点十分之前，我一直望着窗外，却没有目击到前往钟楼的凶手。

这便意味着，凶手是在我拉上窗帘的十一点十分以后前往钟楼的。换言之，案发时间是十一点十分以后。

※

我们回到餐厅，告诉大家黑岩遇害了。上寺发出一声惨叫。野本面色铁青，呆立不动。龙平面露紧张的神色。老板娘则扑向刚回来的丈夫，紧紧揪住他的手。

在我拨打报警电话的二十分钟后，负责这片地区的长野中央署和长野县警搜查一课的警官们赶到了。得知我是同行，他们顿时露出松了口气的表情。这恐怕是因为，他们觉得我会给出比普通人更为客观的证词吧。而且我是搜查一课的人，所以他们会透露一些情报给我。

警官们首先调查了民宿周围的雪地，看看地上有没有脚印，结果连一个脚印都没找到。换言之，凶手就是民宿里的人——就在野本和彦、上寺千惠、原口龙平、里见良介、里见万希子和我之中。

接着，警官们又调查了大家的鞋子尺码。因为凶手穿的长靴是26码的，大于26码的人就可以被排除了。

问题是，所有人的码数都小于等于26——野本和彦穿25码，上寺千惠穿24码，龙平也是24码，里见良介是26码，里见万希子是23码，我是26码。所以所有人都能穿上那双长靴。对平时穿23码的人来说，26码的长靴也许是太大了，但只要在脚尖塞点东西就行了，而且长靴跟普通的鞋子不一样，脚踝以上的部分也是被鞋子裹着的，稍微大一点也不至于掉下来，因此23码的人完全有可能穿着26码的长靴走路。到头来，警方还是没能通过鞋子的尺码缩小侦查范围。

然后，警方又将注意力转向了长靴脚印的步幅。经过测量，步幅是七十四到七十七厘米。身高一米六五到一米七的人在雪地上走，就会形成这样的步幅。身高符合这一条件的人是野本和彦、里见良介与我。上寺千惠与里见万希子的身高是一米六左右，龙平只有一米五五。从这个角度看，野本和彦、里见良介和我之中必有凶手。

然而，没人能保证凶手会按自己的步幅走。既然凶手为了不留下自己的脚印特意换上了长靴，那他就完全有可能故意迈开步子走，不让警方知道他的正常步幅。如果真是这样，那就意味着凶手是身高不足一米六五的人——符合这一条件的是上寺千惠、里见万希子和龙平。搞了半天，步幅也没有成为锁定嫌疑人的有效线索。

用作凶器的铁哑铃的确来自娱乐室，是凶手偷拿的，但没人知道它是什么时候被拿走的。恐怕民宿内的所有人都有机会做这件事。

2F

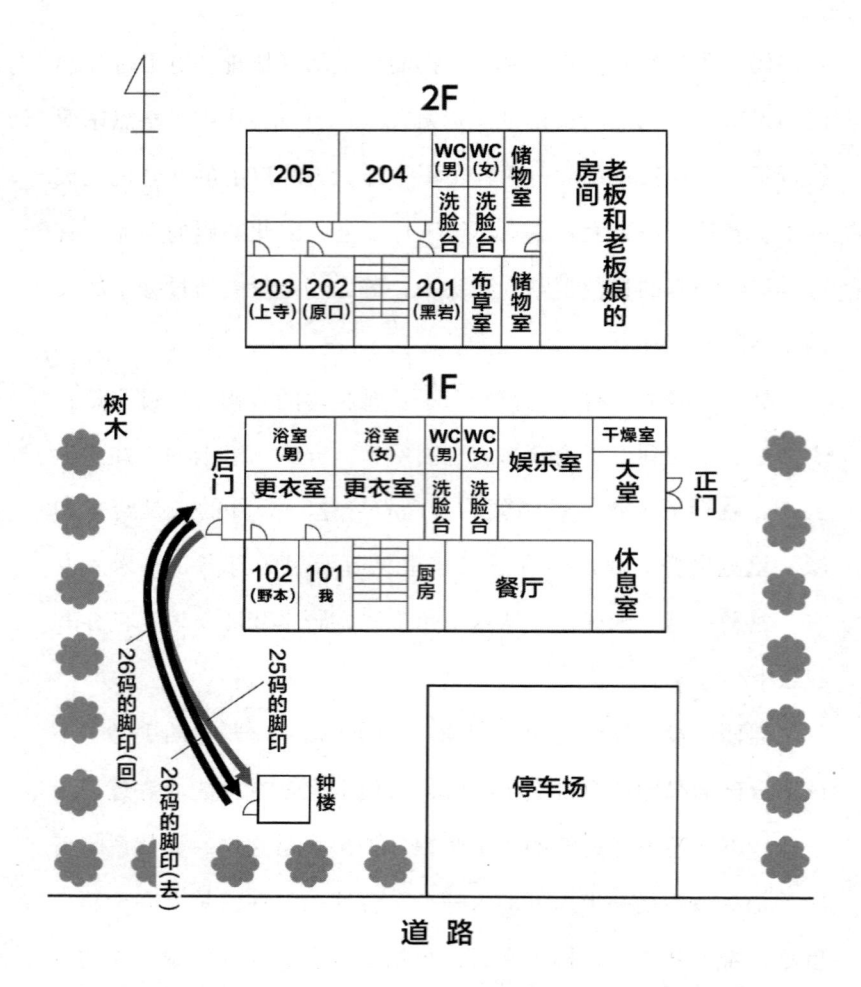

205	204	WC（男）/洗脸台	WC（女）/洗脸台	储物室	老板和老板娘的房间
203（上寺）	202（原口）	楼梯	201（黑岩）	布草室	储物室

1F

后门	浴室（男）/更衣室	浴室（女）/更衣室	WC（男）/洗脸台	WC（女）/洗脸台	娱乐室	干燥室	大堂	正门
	102（野本）	101（我）	楼梯	厨房	餐厅		休息室	

树木

26码的脚印（回）
25码的脚印
26码的脚印（去）

钟楼

停车场

道路

　　从凶手"就地取材"这一点不难看出，他是来了民宿之后才起的杀心。然而，黑岩好像没有和其他住客闹过什么矛盾。"来了民宿之后才产生杀意"究竟是怎么回事呢？

　　警方要求我们在"时计庄"多住一晚。他们貌似想在明天上午搞定司法解剖,明确黑岩的死亡时间,锁定嫌疑人。大家发了几句牢骚,但还是照办了。反正我的假是请到明天的,只要明天走得了,就不至于影响我侦查那野市资本家凶杀案。

老板和老板娘特别过意不去,一次次给我们鞠躬道歉,就好像他们是罪魁祸首似的。他们还主动提出,要免我们的房费。我们都婉拒了,说该付多少我们就付多少。我暗暗感叹,老板夫妇人可真好。等案子破了,一定要再找个机会来住住。当然,前提是"他们不是凶手"……

我们在警官们不露声色的监视下过了一整天。这是我第一次被当成嫌疑人对待,心里真是说不出的难受。他们好像没有主动怀疑到我这个搜查一课警员头上,但这并不能抹去我心头的不快。去滑雪场自然是不行的,所以我、野本、上寺和龙平只能在娱乐室打打桌球,或回房消磨消磨时间,老板夫妇则埋头忙民宿的活。

龙平昨天说过,他的父母因为工作的关系住在外国,自己在寄宿制初中上学。长野县警通知了他就读的"久方学园"。当天下午两点多,学校老师赶到了时计庄。得知警方要求住客多住一晚之后,老师提出陪龙平一起等,就住他那间。

一夜过去。二十九日早晨,司法解剖的结果出来了。据法医推测,黑岩是在前天(一月二十七日)夜里十一点到午夜零点的这一小时之内遇害的。我的目击证词说明凶手是十一点十分以后前往案发现场的,所以行凶时间就自然而然锁定在了十一点十分到零点之间。

黑岩是十一点整走去钟楼的。凶手大概是看准了钟楼离民宿主体建筑有将近十米的距离，而且没有窗户，争吵或惨叫声不是太响的话，也不容易被人听到，于是才找了个借口先把黑岩骗过去了吧。黑岩在钟楼里等待凶手的到来，至少等了十分钟。在十一点十分以后，凶手来到钟楼。如果我在窗口多看一会儿，说不定就能目击到前往钟楼的凶手了。身为搜查一课的成员，我真是无地自容。

　　警官们已经找大家了解过二十七日夜间的行动轨迹了。下一步就是对照法医推测的死亡时间，整理每个人的不在场证明。

　　先看野本和彦。八点半在餐厅用完晚餐后，他回到了自己的房间，看了会儿电视。看到十一点多忽然想喝酒了，刚出房门准备去酒吧就碰到了我，于是就跟我一起去了。至于我们遇见的时间，我那晚在窗口看了会儿雪景，直到十一点十分，随后就拿起手机准备出门了。当时手机屏幕上显示的时间是十一点十一分，所以我遇见野本的时间应该也是十一分左右。在那之后，野本一直跟我在一起，直到午夜零点酒吧打烊。

　　综合上述信息，野本可能实施犯罪的时间仅限于十一点十分到十一分的那一分钟。然而，他根本不可能在短短一分钟时间里从民宿赶去钟楼，杀害黑岩以后再赶回来。野本的不在场证明宣告成立。

　　再看上寺千惠。八点半在餐厅用完晚餐后，她也回到了自己的房间，不过在当晚十点多就来到了位于餐厅的酒吧，然后一路喝到午夜零点。

不过在十一点二十分前后,她接到了朋友打来的电话,离席了十五分钟左右。警方也找那位朋友了解了情况,对方表示,她那晚的确跟上寺通过电话。上寺不可能在打电话的同时行凶。"一边打电话一边走去钟楼"倒是可行的,但"一边打电话一边行凶"根本不可能。要想完成这项不可能完成的任务,她必须一手举着手机跟对面说话,一手抡起铁哑铃砸下去。又不是职业杀手,谁有这样的本事啊。更何况真这么做的话,电话那一头的人一定会听到黑岩的说话声和惨叫声。警方也考虑到了朋友做伪证的可能性,便让她把通话内容重复了好几遍,可朋友的证词始终如一,具有连贯性,做证时也没有丝毫可疑的举动。于是乎,上寺千惠的不在场证明也成立了。

　　然后是老板夫妇。在十一点十分以后,两人曾多次离开餐厅办事,所以有断断续续的空白时间。问题是,他们的空白时间再长也不过两三分钟而已。他们绝对不可能在如此之短的时间内前往钟楼行凶,再赶回民宿。因此老板夫妇的不在场证明也成立了。

　　唯一没有不在场证明的是原口龙平。十一点多离开我的房间后,他一直待在自己的房间里。他说他跟我聊过之后非常兴奋,头脑清醒得很,但是想到第二天要早起,还是早点就寝为好,于是就关了灯躺到床上去了。

　　龙平自然成了头号嫌疑人。久方学园的老师自不用说,我们几个住客和老板夫妇也表示强烈抗议,但警官们表示,龙平是有行凶动机的。

他才上初一啊，哪里来的动机？大家都是将信将疑，警方却在此刻道出惊天内幕……

据警方调查，黑岩在住客登记卡上填写的地址是假的。而且司法解剖的结果显示，黑岩做过整容手术。

莫非此人是逃犯，而"黑岩"是他的假名？警方产生了这样的怀疑，便将他的指纹输入警察厅的指纹自动识别系统，看看数据库里有没有他的案底。不查不知道，一查吓一跳——原来黑岩是一年前被警视厅捣毁的大型特殊诈骗团伙的首领，真名叫"白田公司"。白田在千钧一发之际逃脱了警方的追捕，就此销声匿迹。

"特殊诈骗"就是电信诈骗，包括"是我是我"诈骗[1]、虚构账单诈骗、退款诈骗、融资保证金诈骗、以购买金融产品等为名目的诈骗、以提供赌博必胜方法为名目的诈骗、以介绍异性交往为名目的诈骗，等等。白田公司率领的团伙就靠着这类手段赚取了十多亿日元的不义之财。

被该团伙蒙骗的受害者有近千人，龙平的祖母中井孝子便是其中之一。去年，她因为虚构账单诈骗损失了三千万日元，最后自杀身亡。深爱奶奶的龙平大受打击。他想当警察的其中一方面原因，也许正是对特殊诈骗团伙的仇恨。

龙平碰巧入住这家民宿，在机缘巧合下察觉到黑岩就是白田，

---

[1] 犯罪分子给老人打电话，自称是老人的儿子或孙子，说"我"闯了祸，需要一笔钱，让老人汇款。

决心为奶奶报仇。他威胁黑岩要报警,让他去钟楼。十一点多离开我的房间之后,他去娱乐室拿了铁哑铃,在十一点十分之后前往钟楼,杀害了黑岩……

这就是警方为龙平设计的剧本。龙平坚称他并没有察觉到黑岩就是害死奶奶的仇人,但警官们并不接受他的解释。

警官们说我、野本和上寺可以回家了,并要求龙平与老师自愿前往长野县警配合调查。龙平答应了,收拾东西准备出发。我们唯一能做的,就是送他出门。

我不知道该说什么才好,只能喊他一声:"原口同学……"少年脸色铁青,却面露微笑道:

"以后要是有机会,请一定再陪我聊一聊。我会努力成为您的同行的!"

"龙平啊,下次跟姐姐一起喝茶啊!"

上寺千惠抹着眼泪,大声嚷嚷。龙平再次微笑道:"我很期待那一天的到来。"

野本眼睁睁看着龙平与老师坐上警车,一脸茫然。就在老板夫妇深深鞠躬时,警车渐渐远去。

我实在不敢相信龙平就是真凶。跟我讲述成为警察的梦想时,他是那么神采飞扬,两眼放光。无论有怎样的苦衷,这样的少年都不可能杀人的。然而,黑岩前往钟楼的时间的的确确是十一点,而且在十一点到十一点十分之间,没有一个人走去钟楼——换句话说，黑岩是在十一点十分以后遇害的，千真万确。而十一点十分以后没有不在场证明的，就只有龙平一个。

我不愿相信少年已经铸成大错，却也无法不相信自己的眼睛。我不能因为"不愿相信他是凶手"，就轻易否定自己看见的（也许说"没看见的"会更贴切些）一切。身为警察，我又怎么能为了包庇龙平做伪证呢。

在回家的列车中，我绞尽脑汁，试图推翻其他人的不在场证明，以洗清龙平的嫌疑。然而，我无论如何都想不出一个好办法来。再这么下去，龙平就要被送去少管所了。

由于这起案件发生在外县，我是没有搜查权限的。除非我能用极具说服力的推理证明龙平的清白，或彻底粉碎其他人的不在场证明，否则就无法对侦查工作产生任何影响。

一到家，我便撂下行李，如梅勒斯[1]一般冲向了"美谷钟表店"。

4

"您觉得有哪些方法可以推翻其他人的不在场证明呢？"

柜台后的时乃笑嘻嘻地问道。

---

[1] 小说《奔跑吧，梅勒斯》的主人公。——编者注

"我的思路是，尸体可能被人搬动过。"

"哦？"

"也许黑岩并不是在钟楼遇害的。凶手把他牢牢捆住，或干脆让他失去意识，再将他安置在自己的房间里。然后找个借口回房，杀害黑岩，随后立刻回到众人的视野中。等到夜深人静，大家都睡下了，再把黑岩的尸体搬去钟楼，假装他是在那里遇害的……

"这样一来，凶手就不需要在案发时间段往返于钟楼和主屋之间了。走回自己的房间杀害黑岩，再回到原处，有个两分钟就足够了。所以在十一点十分以后只有两三分钟空白时间，有了不在场证明的老板夫妇也是有可能行凶的。

"问题是，脚印和我的目击证词否定了这套推论。如果尸体真被移动过，黑岩就是在主屋里遇害的了，那么他在十一点前往钟楼之后，必然又回到了主屋。那就意味着地上应该有黑岩前往钟楼的脚印、回主屋的脚印、凶手将尸体搬去钟楼的脚印以及凶手回主屋的脚印，总共四排。可实际上只有三排脚印，分别是黑岩去钟楼的脚印和凶手往返于主屋和钟楼之间的脚印。也就是说，尸体被移动过的可能性被排除了。"

"对啊。"

"本案的不在场证明比较特殊，凶手并不在远离案发现场的地方，只需要走一分钟不到，就能去到现场。可即便是这样，他还是有了牢不可摧的不在场证明。我想破了脑袋，还是无法破解。再这么下去，龙平就要进少管所了。你有没有什么好主意啊？"

我望着坐在柜台后的钟表店店主，仿佛她是留给我的最后一线希望。她身材娇小，肤色白皙，气场神似小白兔。乍看之下，实在无法跟"可靠"这个词联系在一起……

就在这时，她绽放出无比灿烂的笑容，如此说道：

"时针归位——凶手的不在场证明已经土崩瓦解了。"

5

"真、真的吗？！"

"嗯，还能顺便证明龙平同学是无辜的。"

我果然没白跑这一趟。柜台后的时乃微微一笑：

"其实解决这起案件的关键，就在您看到的东西里。只是您没有意识到它的重要性。"

"……我看到的东西？"

"根据您刚才的描述，黑岩先生的脚印——也就是25码的鞋印是'径直走去钟楼的，途中没有停过'。但是您目击到黑岩先生从主屋走去钟楼的时候，他明明停了一次，盯着主屋看了一会儿。这不是很奇怪吗？黑岩先生明明停过，脚印却没有停过的痕迹。这到底是怎么回事呢？"

我心头一凛。

"唯一说得过去的解释是——所谓的'黑岩先生的脚印',并不是他留下的。黑岩先生原本穿在脚上的,并不是25码的鞋。"

"黑岩原本穿在脚上的,并不是25码的鞋……?"

"也就是说,黑岩先生原本是穿着长靴的。您也说了,长靴的脚印有中途停下的痕迹呀。穿着25码鞋子的人,其实是凶手。"

"那……"

"去往钟楼的长靴脚印在好几个地方踩到了25码的脚印,这说明黑岩先生是在凶手之后去的钟楼。在他前往钟楼的时候,凶手已经在那儿了。

"凶手比黑岩先生去得早,但您是十一点才开始看窗外的,所以在那之前前往钟楼的凶手没有被您目击到。再加上那晚多云,月亮和星星都没露面,并没有因为地上有雪就亮一些,所以您没有发现在黑岩先生走过之前,雪地上已经有25码的脚印了,也没有发现黑岩先生穿着长靴。而且从您的房间望出去,钟楼的门刚好位于钟楼背面,因此在黑岩先生开门进去的时候,您没有意识到钟楼里已经亮灯了,也就是说凶手已经先一步到达钟楼了。钟楼没有窗户,所以里面的光亮也不会漏出来。"

"……可长靴的脚印如果真是黑岩留下的,那他为什么不穿自己的鞋子,非要穿长靴去钟楼呢?"

"因为他不想在雪地上留下自己的脚印。"

"不想在雪地上留下自己的脚印？为什么——"

说到这儿，我恍然大悟。只要把黑岩和凶手的立场颠倒一下，一切都解释得通了。

"……啊！黑岩原本想把凶手杀了是吧！"

"没错，所以黑岩先生去钟楼的时候，特意在后门口换了长靴，以防在雪地上留下自己的脚印。"

我想起了那晚十一点的黑岩。原来那时的他，已经下定决心要杀人了啊。

那天下午，黑岩在老板娘的带领下，跟其他住客一起参观了钟楼，得知钟楼在夜里也不上锁，可以自由出入，离主屋只有十米远，而且没有窗户，稍微有点响声，主屋里的人大概也听不见。我不确定他是在什么时候决意行凶的，但是在他产生杀意的那一刻，他肯定意识到，钟楼是绝佳的行凶地点。多云造就的阴暗，恐怕也是让他下定决心的原因之一。

在从主屋走向钟楼的途中，黑岩曾停下脚步，盯着主屋看了一会儿。那肯定是因为计划行凶的他担心自己被人看见。我跟龙平在眺望窗外之前关了屋里的灯，所以黑岩没有察觉到我们在看他。如果他察觉到了，说不定会打消去钟楼的念头。

"黑岩先生找了个借口，让凶手在晚上十一点左右去钟楼。由于当天傍晚五点到七点多下过雪，民宿四周都有积雪。如果穿自己的鞋子去钟楼，就一定会留下脚印。于是黑岩先生就把自己的鞋子留在房间里，偷偷借用后门口的长靴去往钟楼。离开主屋时，他应该把在主屋里穿的拖鞋也塞进了大衣的口袋。要是把拖鞋留在后门口，看到它的人就会立刻意识到'有人出去了'。

"黑岩先生抵达钟楼的时候，凶手已经在里面等着了。黑岩先生趁他不注意，用自己带去的铁哑铃发起攻击，可就在这时，出乎意料的事情发生了。凶手与黑岩先生扭打起来，夺过他手中的哑铃，反过来把他砸死了。

"凶手起初恐怕也被眼前发生的一切吓得呆若木鸡，但他很快回过神来，打算离开钟楼。可就在这个节骨眼儿上，他发现了一个大问题。如果他直接穿自己的25码鞋走，人们就能通过雪地上的脚印迅速判断出他就是凶手。把脚印踩乱，或泼点水让脚印消失也不是不行，但这两种方法都很费时间，而且做这些事的时候说不定会被人撞见。开除雪机吧，马达的声音又太响了，更不具备可行性了。

"于是凶手就想了个最不花时间的法子——跟黑岩先生换鞋。把自己的鞋套在黑岩先生脚上，假装他是穿着那双鞋来钟楼的，进而把自己前往钟楼的脚印伪装成他的。当然，在给黑岩先生穿鞋之前，凶手肯定先把自己的鞋子仔仔细细擦了一遍，抹去自己的指纹。接着，凶手穿上黑岩先生穿来的长靴，回到了民宿的主屋。

"凶手就这样成功隐瞒了自己的码数。大家误以为他去程的脚印是黑岩先生留下的，回程又穿了长靴，谁都不知道凶手的脚到底是几码的。

"而且那晚的凶手非常走运，因为他是十一点十分以后才回的主屋。那时您已经拉上了窗帘，没有继续看外面，所以凶手没有被您目击到。回到主屋后，凶手打算溜进黑岩先生的房间，把他的鞋偷出来，装成自己的。因为凶手的鞋跟黑岩先生的完全一样，所以这样的交换是可行的。当然，离开钟楼的时候，凶手摸过黑岩先生的衣服口袋，拿走了他的房门钥匙。另外，凶手把自己的鞋给黑岩先生了，这就意味他在回到主屋之后是没有鞋穿的，直到拿到黑岩先生的鞋为止。所以凶手肯定也没有忘记带上黑岩先生塞在大衣口袋或者其他地方的拖鞋。

"上述推理也能同时证明龙平同学的清白。凶手去钟楼的时间比黑岩先生更早。因此跟您一起目击到黑岩先生前往钟楼的龙平同学不可能是凶手。

"那么凶手究竟是谁呢？他比黑岩先生更早去钟楼，又在十一点十分以后回到了主屋。也就是说，这个人至少不具备十一点前到十一点十分之间的不在场证明。而且这个人能跟黑岩先生换鞋，可见他也是男性，而且鞋子的尺码跟黑岩先生一样，都是25码。"

"是野本和彦吧？"

"嗯。野本先生声称他在八点半用完晚餐后回房了，一直待到十一点十一分，然后就在走廊碰巧遇见了您，跟您一起去了酒吧，所以他没有不在场证明。而且他穿25码的鞋，跟黑岩先生一样。"

"原来我十一点十一分在走廊遇见他的时候，他是刚从钟楼回来啊？"

"是的。"时乃点了点头。

"您误以为那时野本先生是刚从自己房里出来，殊不知他是穿着长靴从钟楼走回主屋的后门，换上从黑岩先生那里抢来的拖鞋，正要溜进人家的房间，把人家的鞋子占为己有呢。黑岩先生的房间在二楼，所以野本先生应该是刚好从您的房门口走过，准备往楼梯那里去。可是那一幕到了您眼里，就变成了'他刚走出自己的房间'。

"'我正要去酒吧呢，您也是吗？'——被您这么一问，野本先生立刻改了主意。他当时正要溜进黑岩先生的房间，十分心虚。他生怕自己要是回答'我不去酒吧'，您会猜出他的真正目的，于是便顺势撒谎说，他也准备去酒吧，等到深更半夜，大家都睡熟了，再去黑岩先生的房间也不迟。"

野本前脚刚杀了人，后脚就遇见了我，想必也是吓了一跳，却完全没表现在脸上。这胆量着实教人咋舌。

"有不在场证明的野本先生怎么会有机会行凶呢？让我们重新梳理一下吧。警方此前一直认定凶案发生在十一点十分到午夜零点之间。而野本先生在十一点十一分在走廊里遇见了您，跟您一起去了酒吧，一直待到零点。于是警方便认为，他只有可能在十一点十分到十一分的那一分钟时间里犯案。要想从民宿主屋赶去钟楼，杀害黑岩先生再回来，一分钟是肯定不够用的，于是野本先生的不在场证明就成立了。

"可实际情况是，野本先生在十一点之前就去了钟楼，凶案则发生在十一点到十一点十分之间。然后野本先生在十一点十分到十一分的那一分钟时间里，从钟楼回到了主屋。从主屋去钟楼，杀害黑岩先生以后再回来，一分钟显然不够用，但是光从钟楼回来的话，一分钟就绰绰有余了。"

"原来如此……"

由于本案是"被害者欲杀害凶手，却遭凶手反杀"，我们把凶手和被害者的脚印搞反了，颠倒了凶手和被害者抵达案发现场的顺序，进而误判了案发时间。于是凶手就有了不在场证明……

反杀黑岩的野本为了不让大家知道25码的脚印是自己留下的，将脚印伪装成了黑岩的，谁知在机缘巧合之下，这一步竟为他带来了不在场证明，恐怕他自己都没料到这一出。本案的不在场证明并不是凶手处心积虑打造的，而是多重偶然的化学反应催生出的意外产物。最为"野本有不在场证明"这件事吃惊的人，搞不好就是野本自己。

"黑岩为什么想杀野本呢？"

"具体的我也不是很清楚，不过这十有八九是因为野本先生识破了黑岩先生的真身。得知身份败露之后，黑岩先生便产生了杀人灭口的念头。"

查明这些细节，就是长野县警的工作了。

"反正这下就能洗清龙平的嫌疑了，案子也破了。我这就给长野县警打电话！"

※

接到我的电话后，长野县警立刻找野本和彦问话。他很快就招供了。毕竟他只是在受到攻击后反杀了黑岩健一（白田公司），并不是一开始就抱有杀意，所以他本身也没有那么想隐瞒。

白田为什么要杀你？——长野县警的警官如此问道。野本回答："因为我发现，那家伙就是我的儿时玩伴。"白田做了整容手术，改变了自己的容貌，但野本在用晚餐的时候发现黑岩有搓刀叉的习惯，察觉到他就是自己的老相识白田，于是就在饭后主动跟他搭话了。其实野本并无他意，白田这个逃犯却疑神疑鬼起来，让野本在晚上十一点之前去钟楼等他。野本照办了。白田在十一点现身，抡起铁哑铃朝他砸去。野本闪身躲开，随即与白田扭打起来，回过神来才发现，自己已经夺下了哑铃，砸中了对方的头。白田瘫倒在地，再也没有动弹。野本战战兢兢地上前摸脉搏，却发现童年玩伴已经一命呜呼了。

警官又问，白田为什么会去"时计庄"呢？野本回答："别看他那副样子，他其实是个美食家。"他大概听说过里见良介是个水平很高的厨师，这会儿忽然想起来了，就跑来亲自品尝了。里见良介的厨艺简直太可怕了，他烹制的菜品有着逃犯都无法抗拒的魅力。

野本对犯罪事实供认不讳，原口龙平自然也是沉冤昭雪。我由衷地感叹，真是太好了。假以时日，他定能成为一位肩负使命感的好警察。

第 7 话

钟表店侦探与下载的不在场证明

1

三月底,阔别已久的假日。这一天,我来到了鲤川商店街。

日式糕点店贴出了春季新品的海报。服装店门口摆着新进的春装。照相馆门口挂着升学纪念照的广告旗……你能在商店街的每一个角落感觉到春天的脚步。最关键的是,在拱顶下来来往往的人仿佛连脚步都变得更轻盈了。

我走到夹在照相馆和肉铺中间的"美谷钟表店",推开陈旧的店门。

"欢迎光临。"

对着工作台忙碌的美谷时乃回过头来,面露微笑。她跟平时一样穿着工作服。我从没见过她穿别的衣服。

"不好意思,又要请你推翻不在场证明了……"

听到我这么说,肤色白皙、神似小白兔的店主毕恭毕敬地鞠了一躬。

"多谢惠顾!"

她的感谢大概是由衷的,可是这话到了我耳朵里,仿佛就多了几分讽刺。毕竟我是搜查一课的刑警,照理说我才应该是这方面的专家。无奈侦查工作迟迟没有进展,以至于我又跑来借用(还是说……购买?)时乃的智慧了。"美谷钟表店"不仅提供钟表维修、更换电池等服务,还能代客推翻不在场证明。放眼日本全国,这样的钟表店怕是找不到第二家了。破解不在场证明是事成付款,一次五千日元。

时乃请我坐在店里的旧沙发上,跟平时一样端出绿茶。丰盈的香气扑鼻而来。

"那就请您讲讲事情的来龙去脉吧。"

时乃坐回柜台后的椅子,如此说道。

"这次的不在场证明吧,乍一看还挺单薄的。可真要推翻吧,又拿它一点办法都没有……"

2

凶案发生在去年十二月六日,星期三。

晚上九点十分,警方接到一通匿名报警电话,称自己在那野市北野町的民宅发现了一具尸体。警亭立刻派人赶往那户人家,果真在玄关口找到一名倒地的死者。死者名叫富冈真司,六十五岁,平时就住在那间民宅里。警方赶到时,死者貌似刚断气。由于死者头部有钝器击打的痕迹,基本可以认定是他杀。富冈是一个人住,因此警方没有收集到家人的目击证词。

本案由我所在的县警搜查本部搜查一课第二强行犯搜查四组负责。案发前一天（十二月五日）是久违的假日，我跑去"美谷钟表店"，听时乃讲述了她和爷爷的回忆。没想到才歇了一天，凶案又来了，等待我的又是一个个埋头侦查，顾不上休假的日子。不过嘛，我是明知道搜查一课工作辛苦，却还是提交了调动申请，事到如今也没有资格抱怨……

通过司法解剖，法医推测被害者死于六日下午九点前后。死因为脑挫伤。由于报警电话是在法医推测的死亡时间后不久打来的，报警人极有可能是凶手本人。

街坊家的孩子们都管富冈家叫"鬼屋"。因为它徒有近百坪的占地面积，却完全无人打理，树枝乱窜，杂草丛生。据邻居回忆，曾有除草公司的人上门推销，还试图强行闯入富冈家的院子，大概是被那一塌糊涂的景象吸引住了。他亲眼看见富冈破口大骂，把人家赶走。

直到五年前，富冈还经营着一家小规模的保健仪器销售公司。他这人的口碑绝对算不上好，却也没有闹出过会惹来杀身之祸的纠纷。

唯一称得上"纠纷"的，就是他和姐姐因富冈家所在的土地产生的矛盾。某大型开发商有意在那块地上建公寓楼，便向富冈提议收购。富冈拒绝了一次又一次，姐姐却强烈建议他把地卖了，所以两人一见面就会为这件事吵得不可开交。

然而姐姐有不在场证明——案发时，姐姐身在千叶市的家中，和保姆在一起。更何况她已经七十岁高龄了，腿脚也不方便，平时都坐轮椅，哪还有行凶的本事。

除她以外，警方愣是没有找到一个像样的嫌疑人。参与侦查工作的警员都放弃了宝贵的假日，全力搜查，以至于有人累坏了身子，于是大家便听从搜查一课课长的指示，开始轮流休小长假了。我也在一月休息了三天左右（顺便一提，我就是在休这个小长假的时候去了长野县的黑姬高原滑雪，入住"时计庄"，碰上了杀人案）。

一眨眼，三个月过去了。到了二月底，事情终于有了转机。

房子和地皮作为遗产由富冈的姐姐继承。征得警方同意后，姐姐立刻委托专业人员来院子里除草拔树。这当然是为了卖地。谁知工作人员竟在院子角落里发现了一样惊人的东西——在某棵树的树根边，埋着一具已经化作白骨的尸体。

死者为男性，穿着西装。身高一米七左右，四五十岁的年纪。头盖骨后侧有凹陷的痕迹，疑似钝器击打致死，已经死了十多年了。

富冈在这里一住就是四十多年。这就意味着把尸体埋在树根边的必然是他，杀人的恐怕也是他。由于富冈不会开车，如果凶案发生在他家里，那他就无法去别处抛尸了。富冈之所以坚决反对卖地，大概也是怕地里的尸骨见光吧。

这让警方察觉到了一种新的可能性——也许是化作白骨的被害

者身边的人来找富冈报仇了。

骸骨穿着的西装上绣着主人的姓氏——"和田"。富冈身边有没有一个姓和田的人在十多年前失踪呢？

警方很快找到了符合条件的人——曾在富冈的公司担任会计的和田雄一郎。十三年前，他抛下妻子和八岁的儿子，神秘失踪了。富冈称，和田在失踪的前一天突然出现在他家，整个人显得分外憔悴。

在和田失踪后，公司彻查账簿，发现有足足一千万日元的公款被盗用了。这绝对是和田干的好事。和田唯恐东窗事发，人间蒸发了——当时大家都是这么想的。

殊不知他其实是被富冈杀害了，被埋在了富冈家的院子里。

搜查本部立刻调查了和田妻儿的下落。妻子千惠子在半年前因急性心脏衰竭去世了。儿子英介二十一岁，就读于明央大学文学部（大学位于东京的八王子市），今年大三。他的成绩非常优异，享受学费全免的特殊待遇。目前独自住在八王子市的公寓。

搜查本部请英介提供DNA样本配合调查。照理说他是有可能拒绝的，但他并没有这么做。他大概也知道，就算自己拒绝了，警方也会想方设法搞到他的样本。骸骨的DNA与英介的DNA的确存在亲子关系。这具骸骨就是和田雄一郎，绝对没错。于是乎，英介就成了富冈一案的头号嫌疑人。

三月十日，星期六。我与下乡巡查部长前往八王子，找英介问话。

3

上午十点,我们抵达了JR八王子站。其实东京就在我们县隔壁,但我很少为了查案过来,算上这趟,总共也只有两次。上一次来,是为了去年八月发生的推理作家凶杀案。

"你来搜查一课也快一年了吧?"巡查部长问道。

"是的,我是去年四月调来的。"

"差不多也该适应了吧。这次问话就由你负责吧。"

"啊?这样好吗?"

"嗯,凡事都要多积累经验嘛。"

组织肯把审问头号嫌疑人的任务交给我,我当然是很高兴的。但与此同时,沉甸甸的责任也让我不由得紧张起来。

"不用那么紧张啦。你的脸皮还挺厚的,倒是很适合干问话这差事。"

"……多谢夸奖。"我苦笑着道谢。

从车站出发,往南走十多分钟便是子安町的住宅区。全是一室户的"壶川公寓"坐落于住宅区的一角。和田英介就住在这栋公寓的501号房。

我按了门铃,和田很快就来开门了。他长得还挺英俊,鼻梁高挺。

"关于富冈真司先生遇害一事,我们想找您了解点情况。"

下乡巡查部长如此说道。和田绷着脸点点头，回答："请进。"

走进玄关一看，右边是一体式卫浴的房门，左边是做饭的地方，走到底是八张榻榻米那么大的房间。卫浴门口放着洗衣机，正在洗衣服，发出阵阵噪声。我就差远了，总是去投币式洗衣房解决问题。

房间正中央有一张双人餐桌，配了两把椅子。床放在更靠里的位置，旁边是书桌，桌上摆着电脑和座钟。两面墙跟前的书架都塞得满满当当。其中有不少是心理学领域的教科书，看来他是心理学专业的。墙上也有挂钟。整间屋子打扫得一尘不染，从侧面体现出屋主一丝不苟的性格。

和田请巡查部长和我坐椅子，自己则拉出书桌跟前的滚轮椅，一屁股坐下来。

"请问您在去年十二月六日晚上做了些什么？"

我抛出了第一个问题。

"警方让我提交DNA样本的时候，我就担心会不会有这么一天了……你们觉得是我杀了富冈吗？你们觉我是找他报杀父之仇了？"

"目前我们还无法排除这种可能性，所以……"

"太荒唐了，谁会去报仇啊。"

"只要告诉我们您在去年十二月六日晚上做了什么，我们立刻

绝对不在场证明 225

就走。"

"这都过去三个月了好不好,谁还记得清楚啊。我应该是在学校的食堂吃了晚饭,然后就回家了吧……对了,我有写日记的。看看那天的日记,说不定就能想起来了。"

和田拉开书桌的抽屉,拿出日记本翻了几页。

"……十二月六日那天,我上完第五节课以后,在傍晚六点多跟朋友一起去大学的食堂吃了晚饭,然后跟他一起回了这边。半路上在便利店买了点啤酒、零食什么的。"

"那位朋友叫什么名字啊?"

"古川桔平,是经济学部的,也念大三。我们虽然不是一个学部的,但走得很近。我经常跟他一起在食堂吃晚饭,然后叫他来我家玩。"

"您记得好清楚呀,连在便利店买了啤酒零食都记得啊?"

"因为我把小票贴在日记本里了啊。"

和田把那页日记拿给我们看。端正的字迹下方,的确贴着小票。上面印着便利店的店名、打印时间(2017年12月6日18时49分)和购买的物品,包括啤酒和零食。旁边还贴着大学食堂的小票,印有打印时间(2017年12月6日18时10分)和他点的菜。好一位一丝不苟的青年。

"那您带着朋友回来的时间大概是几点呢?"

"应该是晚上七点多吧。我记得那天我们从便利店出来以后没有绕远路，直接回来的话，应该就是晚上七点多到。"

"那他是几点走的呀？"

"午夜零点不到吧。古川平时都是待到那个点才走的。"

"你们在家做了些什么呢？"

"边喝啤酒，边打电脑游戏。"

"电脑游戏？"

"是我自己写的游戏程序。"

那可真是不得了。我不禁对他产生了几分钦佩。

自己写游戏程序是和田的一大爱好。他经常让古川试玩自己的作品。据说古川每周都要来和田家打一两次游戏。

从这栋公寓走去最近的车站，也就是JR八王子站，大约需要十分钟。要想从八王子站前往离案发现场最近的北野站，需要中途换乘，路上要花费一小时。从北野站走去现场又要十分钟左右。也就是说，从和田家到富冈家，单程需要一小时二十分钟。如果要在晚上九点左右行凶，和田至少得在七点四十分左右出门。假设他用了十分钟行凶，紧赶慢赶，到家的时间也不会早于十点半。如果十二月六日傍晚六点多到午夜零点不到，和田真的一直跟古川在一起，那他就有了充分的不在场证明。

"二位应该会找古川问话，确认我说的是不是真的，对吧？"

"嗯，是的。这是办案的常规步骤。"

和田面露忧色。

"这都过去三个月了，也不知道古川还记不记得……他经常来我这儿玩，说不定会记混。"

※

随后，下乡巡查部长与我拜访了古川桔平。

要是找和田打听古川的地址，天知道他会不会安排一个"冒牌古川"来混淆视听，所以还是咨询明央大学的学生科最为妥当。我们连忙打电话去学校打听。万幸的是，学生科周六上午是有人值班的。明央大学位于缘町，在和田家的西南方向，可以走着去。我们立刻赶去学校，跟学生科的工作人员解释了一下，问到了古川的地址。

古川住在万町的一室户公寓里。万町毗邻和田所在的子安町，往西走一会儿就到了。他身材矮胖，看起来是一位老实正经的青年。

"您是和田英介先生的朋友吧？"我如此问道。

"没、没错……"

"我们有几个关于和田先生的问题，想找您确认一下……"

见刑警突然找上门来，古川显得非常惊讶。看来和田应该没有提前联系他，让他帮忙做伪证。

走进古川家一看，屋里杂乱无章，跟和田家形成了鲜明的对比。书本、睡衣之类的东西扔了一地，矮桌上还放着盘子，大概是用来装早餐的。古川连忙把那些东西收拾好，请我们坐地上的坐垫。

"请问去年十二月上旬,您有没有去过和田家啊?"

我没有明确说出"十二月六日"。毕竟是三个月前的事情了,古川的记忆肯定已经模糊了。一开始就把具体的日期告诉他,搞不好会形成误导,让他误以为其他日子发生的事是十二月六日发生的。

"嗯,去过。"

"您还记得是几日吗?"

古川歪着脑袋,好像很没把握的样子。

"是几日来着……我一个月要去他家四五次,时间又过去那么久了,我记不清具体是几日了。反正十二月上旬肯定是去过的。"

"您有写日记的习惯吗?"

"没有。"

"那平时用不用日程本之类的东西呢?"

"我会把学校的课程表输入手机的日历,但也只有课程表而已。什么时候要跟朋友碰面什么的,我都不会写进去。"

"那先不管您是几日去的,您还记得自己从几点待到了几点吗?"

"应该是晚上七点多到午夜零点不到吧。我总是先跟和田一起在大学的食堂吃完饭,然后买点啤酒和零食去他家。十二月上旬那次应该也是一样的。"

"您还记得您在和田家做了些什么吗?"

"玩了和田写的电脑游戏。"

逗留时间和做的事情倒是记得很清楚。但他不记得自己是不是十二月六日去的，其他细节记得再清楚都没有任何意义。

"我再跟您确认一下，您记得自己是几日去的吗？"

"对不起……我真的不记得是几日了……"

古川蜷缩着矮胖的身子嘟囔道。

和田最担心的事情发生了。这样的证词，不足以成为他的不在场证明。

❋

"不在场证明没有成立吗？"

柜台后的时乃惊讶地眨了眨眼。她的右眼还戴着放大镜片呢，大概是忘了摘了。

对——我点点头，喝了口绿茶润喉。

"不在场证明——暂时还没有成立。"

4

离开古川家之后，我们又回去找和田了。

"我们刚才去找了古川先生，问他有没有来过您家。"

"他是不是说他来过啊？"

和田用写满期待的眼神看着我们。

"他很确定十二月上旬来过您家，但不记得具体是哪天了。"

和田的表情顿时僵住了。

"怎么会这样……十二月六日晚上，我真的跟古川在一起啊！"

"他说他每个月要来四五次，又过去那么久了，实在记不清是几日了。"

"记不清了吗……"

和田紧咬下唇，陷入沉思。突然，他两眼放光道："对了！古川之所以记不清是哪天，肯定是因为他来得太勤，每次做的事情又差不多对吧？如果那天有过不寻常的事情，他总归会记得的吧？"

"有过吗？"

"您知不知道有首歌叫《沙之堡》？"

被他这么突然一问，我有些不知所措。

"不知道。"

"是明城彻郎在学生时代写的曲子。我是他的粉丝，一直都想听听看。"

下乡巡查部长望向我，脸上仿佛写着"明城彻郎是谁"。我也只能摇头。我对音乐不是很感兴趣。

"请问这个明城彻郎是谁啊……"

巡查部长如此问道。和田跟我们解释了一下。

据说明城彻郎是日本流行乐坛的著名作曲家。就读于音乐大学时,他的目标是当个古典乐的作曲家,《沙之堡》就是他在校期间创作的。后来,他靠着流行乐一举成名,但坚持不肯发布学生时代的作品。即便粉丝们苦苦央求,他也坚定地拒绝,表示"当年的作品走的是截然不同的路线"。没想到这首神秘的作品终于在网络平台发布了。

"在线发布怎么了?"

"《沙之堡》是限时发布的,只能在十二月六日这一天下载。"

"只有十二月六日这一天?"

明城起初对在线发布《沙之堡》这件事持反对意见,多亏音乐发行公司"Music Mile"反复做他的思想工作,他这才点头。不过明城提了一个条件,那就是只能发布一天。刚听到这个条件的时候,Music Mile也有些犹豫,但他们社长觉得,"仅限一天"反而是绝佳的噱头,便大力促成了这件事。于是乎,发布的日子就选在了明城的生日——十二月六日。

"十二月六日那天,我又叫古川来家里玩,过了十一点半才想起来有这么回事,就当着他的面急急忙忙把《沙之堡》下到手机里了,还立刻放给他听了呢。"

和田拿起放在桌上的智能手机，打开下载记录给我们看。屏幕上的确有一行字，"沙之堡 2017/12/6 23:46"。看来这首曲子的的确确是二〇一七年十二月六日夜里十一点四十六分下载到他的手机的。

"这能说明什么呢？"

"您想啊，《沙之堡》是只能在十二月六日下到的曲子，在那天之前是下不到的，过了那天也不行。我当着古川的面下载了这首曲子，还放给他听了，这不就能证明我的确是十二月六日请他来我家的吗？"

❋

搜查本部先派警员前往Music Mile了解情况，确定《沙之堡》的确是在十二月六日发布的。负责人称，精确的发布时间是十二月六日凌晨零点零分零秒到深夜十一点五十九分五十九秒。

也许和田放给古川听的是另一首曲子，却让他误以为那就是《沙之堡》，于是警方请负责人帮忙把这首歌的音频数据刻成了CD。

然后在当天晚上，下乡巡查部长和我再一次找古川桔平求证。我只觉得自己变成了一颗乒乓球，在和田和古川之间跑来跑去，不过在办案的过程中，这种脚踏实地的确认工作是必不可缺的。

我一提起《沙之堡》，古川便点头道：

"这么说起来，和田是用手机下了那首曲子呢。当时我们正在他写的游戏里对打呢，他忽然瞥了眼房间里的钟，说'我有首曲子要下'，然后就拿起了手机。他下好以后立刻放给我听了。"

"是这首曲子吗？"

我把提前存进手机的《沙之堡》放给他听。音频是从Music Mile给的CD里拷出来的。

钢琴的旋律流淌而出。起初缓慢而厚重，感觉像在牢固的城堡中参观。渐渐地，让人联想到阵阵波涛的旋律穿插进来，越发响亮。当它达到顶点时，就变成了有着流沙般疾驰感的旋律。最后的旋律又是如此哀伤，音色也逐渐变轻，消失不见，仿佛最后一粒沙子被海浪带走了一般。曲子的长度只有三分钟左右，却让人有种刚听完一部恢宏故事的错觉，带来万千感动。

古川好像也听出了神，随即点头说道："嗯，就是这首。"

"您确定？"

"确定。"

他的语气非常自然，眼神没有飘忽不定，也没有表现出坐立不安的样子。我认为他不太可能在撒谎。这就意味着"和田给古川听了另一首曲子"的可能性可以基本排除了。

"他是什么时候下载这首曲子的啊？"

"是我快走的时候下的，应该是十一点半到零点之间吧。我一般都是零点之前走的。"

"和田先生真的做了'下载'这个动作吗？"

"啊？这话是什么意思？"

古川一脸莫名。

"他会不会是嘴上说自己下了曲子，其实只是把提前存在手机里的曲子放给您听？"

如果真是这样，那就得考虑到另一种可能性了——和田在十二月六日下载了《沙之堡》，然后在之后的某一天装出刚下载曲子的样子，放给古川听。几个月一过，记忆变得模糊了，日期也记不清了，于是古川便误以为听歌的那天就是十二月六日了。

"不，不会的。在和田下载的时候，我一直盯着他的手机屏幕来着，的确看到了《沙之堡》的发布画面，还有下载的进度条呢。"

"这样啊……"

"可……有没有下载那首曲子又有什么关系呢？"

"《沙之堡》是限时发布的，只能在十二月六日下载。"

"啊？这样啊？"

"所以和田先生要是真的当着您的面下载了那首曲子，那就意味着您的确是十二月六日去的他家。"

"原来你们是想问，我是不是十二月六日去的和田家啊……那天出什么事了啊？"

"我没法跟您透露太多，总之那一天发生了一起案件。为了明确和田先生与案件无关，我们想查明和田先生在案发当天的行踪。"

原来是这样啊——古川点头说道。他的表情显得分外明朗,也许是因为他觉得自己救出了深陷困境的朋友。

"那家伙一身正气,最讨厌歪门邪道的东西了。会被警察调查的事情,他是绝对不会碰的。"

※

在确认不在场证明的同时,搜查本部也在寻找能证明"和田英介就是凶手"的证据。

如果和田为报杀父之仇杀害了富冈,那他必然得先确定父亲真的死于富冈之手。那么问题来了——他是如何确定的呢?

首先,和田强烈怀疑"失踪"的父亲其实是被富冈杀害了。至于怀疑的契机是什么,警方就不得而知了。然而,没有任何证据能证明富冈与父亲的失踪有关。

于是他必然会暗中调查富冈,然后得知富冈死活不愿意把土地卖给大型开发商。当然,人家也许是不舍得自家的房子和土地,可富冈平时从来不打理房子,院子里的树木也不修剪,放任杂草疯长。莫非他坚持不肯卖地,是因为他把父亲的尸体藏在了房子里或者院子里?富冈要是会开车,还能去别处抛尸,可他不会开啊。这一点也为"尸体藏在房子里或院子里"提供了旁证。

事已至此,和田会不会想办法进一步证实自己的猜测呢?

警官们立刻想起了邻居的目击证词——乱七八糟的院子曾引来除草公司的人，那人还试图强行闯入富冈家的院子。这个"除草公司的人"，会不会就是和田假扮的呢？和田怀疑富冈把父亲的尸体埋在院子里，于是便假扮除草公司的人，强行闯入院子，试图根据富冈的反应判断自己的猜测是否准确……

照理说，看到有人擅闯自家的院子，房主至少会喊一句："我要报警了啊！"可院子里要是埋了尸体，房主就绝对不敢说这句话了，生怕跟警察打交道。无论他如何强闯，富冈都没有说出"报警"这两个字——富冈的反应让和田确信自己的怀疑是正确的，也促使他下定了行凶的决心。

于是警方向富冈的邻居出示了和田的照片（偷拍的），问"除草公司的人"是不是他。邻居回答，好像是。

在当晚的搜查会议上，和田被锁定为头号嫌疑人。然而，我与下乡巡查部长的汇报给大家浇了一盆冷水——和田有不在场证明，古川桔平能为他做证。

"古川是不是在撒谎啊？"一位警官问道，"他是不是故意骗你们说，和田当着他的面下载《沙之堡》，还放给他听啊？"

古川实在不像是在撒谎的样子，可要是把和田视作头号嫌疑人，认定古川做了伪证的确是最简单的解决方法。我只觉得大家是在暗暗责备我没能识破古川的谎言。

"我倒不觉得古川在撒谎。"

就在这时，牧村警部发话了。

"为什么啊？"

"古川如果在撒谎，何必用这么单薄的方式给出不在场证明呢？要是和田真能说动古川帮忙做伪证，打从一开始就让他说'我在十二月六日去过和田家'不是更好吗？古川一开始说他不记得是十二月几日了，后来才根据限时发布的曲子想起那是十二月六日……如果他在撒谎，那这个谎言未免也太不牢靠了吧？"

"您的意思是，他如果要撒谎，完全可以用更直截了当的谎言确保和田有不在场证明，所以这一点可以反过来证明他没在撒谎？"

"没错。"

"那您是觉得凶手不是和田吗？"

"不，结合除草公司的人擅闯院子那件事来看，凶手十有八九就是和田。这就意味着，他用某种方法让古川产生了错觉。"

"那他是如何让古川产生错觉的呢？"

没错，问题就出在这儿。假设古川没撒谎，那就意味着和田的确给他听过《沙之堡》。而且这首曲子的发布画面就显示在和田的手机屏幕上，古川还看到了下载的进度条。曲子是十二月六日发布的，于是古川只可能在那一天去和田家做客。

"很遗憾，我也不知道，"警部摇头道，"我总觉得他应该用了个非常简单的法子……新人有什么想法？"

之所以这么问,是因为我在近来的几起案件中都成功地破解了嫌疑人的不在场证明吧。可实际上那些都不是我破解的。"我也不清楚啊。"此时我的心情就像一个总是作弊的学生一样。

✽

"……和田的不在场证明建立在《沙之堡》这首曲子的下载和古川的记忆上,乍看非常薄弱,可我们想尽了办法都无法推翻。话虽如此,又找不到其他像样的嫌疑人。侦查工作彻底陷入了瓶颈。你的智慧是我们最后的希望了……"

"您过奖了。"

"美谷钟表店"的店主在柜台后彬彬有礼地鞠了一躬。

"怎么样?有希望破解和田的不在场证明吗?"

听到这话,时乃微笑着说道:

"时针归位——和田先生的不在场证明已经土崩瓦解了。"

5

时乃还是那么神速,我不禁目瞪口呆。由身经百战的精英组成的搜查本部纠结了一个月也没想出个头绪来,她却在短短几分钟时间里推翻了嫌疑人的不在场证明。

"古川先生的证词里,有一处不太对劲的地方。"

"不太对劲的地方?"

"您告诉他,'《沙之堡》是限时发布的,只能在十二月六日下载'。他好像吃了一惊,反问您说:'啊?这样啊?'对吧?"

"嗯,有什么问题吗?"

"古川先生会有这样的反应,说明他之前并不知道《沙之堡》是只能在十二月六日下载到的曲子。也就是说,和田先生下载乐曲,然后放给他听的时候,完全没提到这件事。"

"对啊。"

"您就不觉得奇怪吗?和田先生为什么没说这首曲子只能在十二月六日下载到呢?只能在那一天下载,多大的噱头啊。音乐发行公司的社长之所以同意作曲家开出的条件,也是因为考虑到了限时发布的广告效应呀。和田先生一下载完,就迫不及待地把曲子放给古川先生听了。照理说限时发布是绝佳的谈资,他应该抛出这个话题,进一步吸引古川先生的注意力。可他为什么没有提起呢?"

被她这么一说,好像是有点奇怪。

"遇到这种情况,我们不妨倒过来想一想——如果和田先生把限时发布的事情说出来了,会有什么后果呢?"

"如果他把限时发布的事情说出来了……?"

"要是他说了,自然会让古川先生知道曲子是只能在十二月六日那天下载的。也许和田先生就是想避免这种情况。"

"为什么啊?"

"因为'和田先生请古川先生来家里做客'这件事,并不是十二月六日发生的。如果古川先生得知曲子只能在十二月六日下载,他一定会说:'今天不是六日啊!'"

"不是六日,那会是几日啊?"

"应该是前一天,也就是十二月五日。"

"可《沙之堡》只能在十二月六日下到啊,前一天应该是下载不了的啊?况且和田的手机里的确有十二月六日晚上十一点四十六分下载了《沙之堡》的记录。"

"和田先生当着古川先生的面下载乐曲这件事当然是在十二月六日发生的。否则他就没法下载了。"

我竟无言以对。

"……你刚才不是说,古川是十二月五日去的和田家吗?"

"对,我是这么说的。"

时乃笑嘻嘻地回答。

"呃……那岂不是自相矛盾吗?"

"有吗?"

"和田请古川来家里做客明明是十二月五日的事情,下载音乐怎么就成了十二月六日的事情呢?"

"因为他们玩着玩着就过了零点呀。您刚才说,《沙之堡》是从十二月六日凌晨零点零分零秒开始发布的对吧？因为过了零点，日期变成十二月六日了，所以和田先生才能下载到这首乐曲。"

"玩着玩着就过了零点？可古川说他不到零点就走了啊……"

说到这儿，我才恍然大悟。

"啊！我知道了！和田家里的钟都被调慢了是吧！"

"我觉得这个可能性很大。和田先生是十二月五日请古川先生来家里做客的，但他提前调慢了屋里的时钟，十五分钟左右吧。您刚才说，和田先生的书桌上有座钟，墙上有挂钟，对吧？他应该把两个钟都调慢了。用来打游戏的电脑上的时钟应该也同样被他调慢了。

"十二月五日，和田先生与古川先生在下午六点多去学生食堂吃了晚餐，然后在便利店买了啤酒和零食，一起回到和田家。学生时代的聚会，一般都不太在乎时间的，您应该也是过来人吧。古川先生恐怕也没关注时间。所以走进和田家的时候，他并没有察觉到屋里的钟被调慢了十五分钟左右。慢了整整一小时也就罢了，才十五分钟的话，察觉不到也是很正常的。"

"是啊。"

我回想起自己的大学时代，点了点头。

"而且和田先生与古川先生当时在用电脑对战对吧？古川先生肯定会打得很投入，顾不上看自己的手机。所以古川先生在开始打游戏之后察觉到准确时间的风险也不是很高。"

也许和田用电脑写游戏程序的目的就在于此。

"零点一过就是十二月六日了。和田先生立刻用手机下载了《沙之堡》，放给古川先生听。为了让对方知道自己真的下载了，和田先生特意展示了发布画面和下载进度条。顺便一提，他当时应该也隐藏了屏幕顶部状态栏里的系统时间。否则'已经过了零点'这件事就暴露了。屋里的时钟慢了十五分钟左右，于是古川先生便认定和田先生是晚上十一点四十六分下载的。

"直到那时，和田先生做的这些手脚还不具有任何的意义。如果警方在两三天后找古川先生了解情况，问他是哪一天去的和田家，他肯定会不假思索地回答，是十二月五日。

"但几个月过后，古川先生的记忆就变得模糊了，他必然会忘记自己到底是十二月五日去的，还是十二月六日去的。他要是只去过一次，倒是有可能记住准确的日期，可您说古川先生经常去和田家打他写的游戏，去的次数多了，自然就搞不清到底是哪天去的了。古川先生没有写日记的习惯，手机的日历里也只有课程表，所以无法在事后通过这类记录锁定他造访和田家的日期。

"不过古川先生一定会记得和田先生下载了题为《沙之堡》的新曲，还放给自己听了。因为这件事只发生过一次，很不寻常。

"经过好几个月的沉淀，古川先生记忆中的日期变得模糊了。和田先生埋下的种子终于在这一刻开花结果了。

"直到这时，和田先生终于进入了警方的视野。他说自己案发当天跟古川先生在一起，于是警察便找到古川先生，问他有没有在十二月上旬去过和田家。古川先生表示去过,但不记得具体是哪一天了。

"警察再回过头来找和田先生,说古川先生不记得日期了。和田先生装作很头疼的样子,然后'突然'想起他那天下载过《沙之堡》,还放给古川先生听了。他告诉警方,这首曲子是限时发布的,只能在十二月六日下载到,所以它可以证明下载这件事发生在十二月六日。

"于是警察又回去找古川先生,问和田先生是不是真的下载过。结果古川先生说,和田先生的确在十一点半以后下载了一首叫《沙之堡》的曲子,也放给他听了。既然和田先生下载了这首曲子,那就意味着古川先生的确是在曲子在线发布的那一天,也就是十二月六日去的和田家。

"就这样,和田先生不过是把家里的钟调慢了短短的十五分钟,却在几个月后成功改写了古川先生的记忆,将记忆中的日期往后挪了一天。"

"可和田手机里的下载记录显示,他的确是在十二月六日夜里十一点四十六分下载的啊?"

"和田先生下载了两次。第一次是当着古川先生的面下载的,发生在十二月六日凌晨零点多。然后他删除了那条记录,也删除了下载的音频数据。接着在当天晚上十一点四十六分,他再一次下载了那首曲子。给您看的那条下载记录,就是第二次下载的产物。"

"啊，原来是这样……"

"那就让我们再梳理一下和田先生在十二月六日，也就是案发当天的行动轨迹吧。正如我刚才所说，十二月五日夜里请古川先生来家里做客的时候，和田先生提前把家里的钟调慢了十五分钟左右。可古川先生要是察觉到钟有问题，几个月后才会开花结果的不在场证明机关就彻底报废了。如果真的出现了这种情况，和田先生一定会放弃在六日夜里行凶的打算。然而，古川先生直到最后都没有发现钟被调慢了，所以和田先生才下定决心，按原计划在六日夜里行凶。

"您刚才说，和田先生给您看的日记里贴着大学食堂的小票，打印时间是'2017年12月6日18时10分'，还有便利店的小票，打印时间是'2017年12月6日18时49分'，对吧？我认为和田先生的确在十二月六日的这两个时间去过食堂和便利店，而且他应该特意选择了和前一天一样的时间去。唯一不同的是，五日是和古川先生一起的，六日却只有和田先生一个人。

"去过便利店以后，和田先生从八王子站出发，换乘JR电车，来到那野市的北野站。至于在便利店买的东西，他应该在半路上扔掉了。抵达北野站之后，他走了十多分钟，前往案发现场，杀害了富冈真司先生。要是法医推测的死亡时间太宽泛，他精心设计的不在场证明就无法发挥作用了，所以他打了匿名的报警电话，以便让警方迅速发现遗体。接着，他回到车站，换乘JR回到八王子。接下来要做的，就是静等几个月，等到古川先生的记忆变得模糊的那一天。"

"不过话说回来，和田伪造不在场证明的手法也太不稳当了吧？因为他是案发三个月后才被警方注意到的，所以古川的记忆已经变得很模糊了。可他要是再早一些进入警方的视野，古川搞不好会记得自己是十二月五日去的和田家啊。"

"和田先生早就知道，警方要过好几个月才会注意到他。警方之所以开始调查他，是因为富冈家院子里的杂草被铲除了，树木也被连根拔起了，进而发现了被埋在树根旁的骸骨，而这具骸骨正是和田先生的父亲。富冈先生一旦去世，一心想要卖地的姐姐一定会找人处理院子里的杂草和树木，但这件事不会在富冈先生死后立刻发生。因为姐姐得先办手续继承富冈先生的房子和土地，手续办好以后，也得花些时间选择合适的承包商，委托他们来处理。而且就算找到了骸骨，警方要想查明身份也需要花一些时间。只有在明确了骸骨的身份以后，和田先生才会受到警方的关注，成为本案的嫌疑人。换句话说，和田先生深知警方一定会查到他身上，但那是好几个月以后的事情了。在此期间，警方绝对不会注意到他。正因为如此，他才会利用'证人的记忆会随着时间的流逝变得模糊'这一点，为自己制造不在场证明。"

※

一星期后，我再次造访"美谷钟表店"，向店主汇报破案的喜讯。

早春四月，和煦的阳光普照大地。鲤川商店街的店家也推出了各种春季促销活动。

"美谷钟表店"竟放下了卷帘门。上面贴着一张告示："今日临时店休，请谅解。"怎么回事啊？一丝担忧掠过心头。是时乃生病了吗？要不去隔壁的"二宫照相馆"和"寺田精肉店"打听打听吧，问了大概就知道了……

"哎呀，欢迎光临！"

正当我傻站在门口的时候，忽然有人跟我打了招呼。

只见身着蓝色连衣裙和白色开衫，脚踩深蓝色浅口鞋的时乃正微笑着站在我身后。她右手拎包，左手提着装有一束菊花的袋子，貌似是在商店街的花店买的。这还是我第一次看到她不穿工作服的样子，只觉得她浑身上下光芒四射，无比耀眼。

"对不起啊，今天不开门哟……"

"这是要出门吗？"我问道。

"嗯，今天是我爷爷的忌日，所以我正准备去扫墓呢。之所以穿得那么随便，是因为爷爷不太喜欢繁文缛节。请问……您找我有什么事吗？"

"之前请你推翻不在场证明的那桩案子有着落了,我就想来跟你汇报一下。后来和田全招了,伪造不在场证明的方法跟你说的一模一样。"

"这样啊……"

父亲是个脚踏实地的正经人,我无论如何都不敢相信他会盗用公司的钱——和田在审讯室里如此说道。如果父亲是无辜的,能伪造账簿的就只有社长富冈了。富冈说父亲在失踪的前一天突然出现在他家,面容十分憔悴。可父亲要是没有做过亏心事,又怎么可能憔悴呢?富冈肯定在撒谎。那他为什么要撒谎呢?莫非他才是害父亲失踪的罪魁祸首?盗用公款的其实是富冈,父亲登门追问此事,结果富冈在情急之下杀害了父亲……渐渐地,和田产生了这样的怀疑。他察觉到,富冈家的院子长年无人打理。莫非富冈把父亲的尸体埋在了院子里,所以他才没法打理院子?于是和田假扮除草公司的人,强行闯入富冈家的院子。富冈的反应让他确信,自己并没有猜错。

然而,和田没把自己的怀疑说给母亲听,也没有咨询警方。因为他下定决心,要让富冈血债血偿。

之所以没有立刻采取行动,是因为他担心自己一旦被捕,母亲定会心痛不已。就是这一份孝心,让他迟迟没有迈出最后一步。谁知半年前,母亲因为急性心脏衰竭撒手人寰。再也没人能阻拦他复仇了。

当然,他也不想轻易被警方逮捕,于是决意伪造不在场证明。

他在大学主修心理学，熟知记忆有多么靠不住，便利用这一点设计了一套"机关"。如果想要机关发挥作用，他必须找一个平时不写日记或日程本的证人。而古川自然成了最合适的人选。

十二月六日行凶后，和田开始了漫长的等待，暗暗祈祷好友记忆中的日期如他计划的那样变得模糊。"万一他还记得来我家那天是十二月五日怎么办"……和田只觉得自己每一天都活在焦虑之中。可他要是当面问人家"你还记不记得十二月是几日来的"，那反而会让对方起疑心。他唯一能做的，就是保持沉默。比焦虑更煎熬的，是蒙骗好友的负罪感。

说起来也真是不可思议。那天以后，他几乎没有为杀死富冈后悔过，却一直在为欺骗古川懊恼。他甚至觉得，早知道自己会这么后悔，当初就不该伪造不在场证明。

终于，父亲的遗骸重见天日，警方也查明了他的身份。和田就此进入警方的视线。三个月前精心设置的机关终于在这一刻发挥出了作用，成了他的护身符。可和田甚至把这份保护着他的不在场证明当成了累赘。在这三个月里，他心里的某种东西发生了变化。他再也不觉得自己的所作所为是正确的了。

"所以当警方识破我的不在场证明时，我反而松了口气。这下就不用再遮遮掩掩，不用再欺骗我的好朋友了。"

得知凶手因自己破解了不在场证明被捕，时乃的表情看上去有些伤感。此时此刻，她的脸上也有几分阴霾。

也许受了这种神情的触动……

我一时冲动，说道：

"如果你不介意的话，我能不能跟你一起去扫墓啊？"

时乃惊讶地眨了眨眼。

"当然不介意，不过您有空吗？"

"嗯，我能得到你的帮助，也是多亏了他老人家的熏陶，我早就想亲口道声谢了。"

时乃嫣然一笑。

"爷爷一定会很高兴的。对了，我知道一家蛋糕做得很好吃的咖啡馆。回来的时候要不要一起去坐坐呀？"

"好啊！"

就这样，我们踏上了春意盎然的商店街……

（完）

图书在版编目（CIP）数据

绝对不在场证明 /（日）大山诚一郎著；曹逸冰译 . —— 上海：上海文艺出版社 , 2020.5
（读客外国小说文库）
ISBN 978-7-5321-7569-7

Ⅰ . ①绝… Ⅱ . ①大… ②曹… Ⅲ . ①推理小说 - 小说集 - 日本 - 现代 Ⅳ . ① I313.45

中国版本图书馆 CIP 数据核字 (2020) 第 039383 号

ALIBI KUZUSHI UKETAMAWARIMASU by Seiichiro Oyama
Copyright © 2018 by Seiichiro Oyama
All rights reserved.
Original Japanese edition published by Jitsugyo no Nihon Sha, Ltd.
This Simplified Chinese edition is published by arrangement with Jitsugyo no Nihon Sha, Ltd., Tokyo
in care of Tuttle-Mori Agency, Inc., Tokyo.

中文版权 © 2020 读客文化股份有限公司
经授权，读客文化股份有限公司拥有本书的中文（简体）版权
著作版权合同登记号 图字：09-2020-097

责任编辑：秦　静
特约编辑：季易达　孟　南
封面设计：李子琪

绝对不在场证明

［日］大山诚一郎　著
曹逸冰　译

上海文艺出版社出版、发行
地址：上海市闵行区号景路159弄A座2楼
电子信箱：cslcm@publicl.sta.net.cn
新华书店经销　三河市龙大印装有限公司
开本 890毫米×1270毫米　1/32　8印张　字数152千字
2020年5月第1版 2024年9月第22次印刷
ISBN 978-7-5321-7569-7/I.6023
定价：36.00元

如有印刷、装订质量问题，
请致电010-87681002（免费更换，邮寄到付）